蝴蝶與鯨魚

Butterfly and whale

歲見 —— 著

高寶書版集團

目錄
CONTENTS

第一章 楔子

「根據本臺氣象報導，颱風『蝴蝶』將於本月中旬登陸榕城，請各單位和廣大市民提前做好防汛工作，颱風天儘量減少外出。」

狹小的超市因為這則氣象報導迎來了堪比春節的熱鬧和擁擠。

荊逾推著車擠在人群裡。

他挑東西不看價格，跟著前面的阿姨有樣學樣，伸手拿到什麼就往車裡丟，轉了一圈下來，車裡堆得滿滿的。

「哥，你挑東西好歹也睜開眼看看吧，你拿的都是什麼呀？」莫海隨手從推車裡拿起兩樣東西。

——蘇飛衛生棉和好自在護墊。

荊逾：「……」

少年抬手撓了下眼皮，避開莫海質問的目光：「順手，拿錯了。」

「你變態啊，這是能順手的事情嗎！」

「是，我變態。」荊逾拿過他手裡的兩樣東西扔回車裡，壓著聲道：「你有本事就再嚷大聲點。」

莫海敢怒不敢言，嘟囔著：「那你自己放回去，我可丟不起這人。」

荊逾抓起兩包衛生棉，又檢查一遍購物車裡有沒有其他遺漏的，「你先去排隊結帳，我餓了。」

「知道了。」

這超市荊逾常來，但放這東西的地方他沒去過，抓著兩包衛生棉在超市裡轉了兩圈才把東西放回去。

去收銀檯的路上，他順手又抓了兩包洋芋片，剛從貨架區走出去，就看到莫海哭喪著臉朝他跑了過來。

「哥哥、哥哥，我遇到小偷了！」莫海本來臉上肉就多，一苦著張臉，很像植物大戰殭屍裡的南瓜。

荊逾有些想笑，故意錯開視線不看他：「小偷偷你什麼了？」

「推車，我整個推車的東西，我扯個袋子的功夫，滿推車的東西就被人推走了。」

荊逾：「……」

「我還沒結帳呢。」

「你就慶幸你還沒結帳吧。」荊逾把手裡的兩包洋芋片放到回收區，「走了。」

「去哪啊？」莫海垂著腦袋，「我們什麼都沒買呢……」

「先吃飯，明天再來買。」荊逾勾著他的肩膀，「這麼多人，等你回頭重新挑完東西，再過來排隊，天都黑了。」

「那可以我去挑，你在這裡排隊。」

「我們先吃飯可以嗎？」荊逾嘆了口氣：「我一天沒吃飯了。」

莫海小聲嘀咕：「你就是嘴饞了。」

荊逾抬手在他腦後輕拍了下：「等等你多吃一串我就揍你。」

「哥！全天下最好的哥哥。」莫海笑著跳起來，為了哄荊逾多買幾串燒烤給自己，還自掏腰包買了兩瓶橘子汽水。

海濱城市的夏天傍晚，充斥著海鮮、酒香和冰冷冷的汽水味。

剛從冰櫃裡拿出來的橘子汽水，迎著夏日的風，玻璃瓶上淌下一串串水珠。

荊逾三兩口喝完，隨手將空瓶往塑膠筐裡一扔，正正好好落了進去。

莫海蹲在一旁咬著吸管幫他鼓掌。

荊逾笑了聲：「你快喝吧。」

今年榕城的夏天比往年要熱，海灘上到處都是穿著海灘褲和比基尼的遊客。

荊逾抹了把額頭上的汗，見莫海一小口一小口抿著，彎腰蹲了下去，視線隨意落在前方。

鹹腥的海風裡摻雜著濃烈的燒烤味，荊逾餓得把老杜家菜單背了一遍，正尋思著等等要不要再坑莫海一瓶冰汽水，不遠處忽然傳來一聲驚呼——

「有人跳海了！」

此刻正是漲潮的時間，海浪在沙灘上撲騰著，礁石橋邊浪花一陣接著一陣。

非本地人或異常熟悉水性的人都不敢輕易跳下去救人。

大家呼救的呼救，打電話報警叫救護車的也有，正不知所措間，一道靈活的身影直接從礁石橋邊跳了下去。

游魚般的曲線。

海水灌進耳朵裡的同時，荊逾的右肩處傳來陣陣痛意。

他顧不上這些，朝著那道已經不怎麼掙扎的身影游了過去。

伸手抓住她的同時，荊逾注意到什麼，隨手將漂浮在一旁的東西也一起撈了上來。

岸邊的救生員和醫護人員在此時趕了過來，從荊逾手中接過溺水的女生，大聲道：「不要圍在一起！」

荊逾手撐著膝蓋喘了幾口氣，餘光瞥見什麼一閃而過，抬頭看向光源處，冷著臉道：「不要拍照。」

拍照者悻悻然收起手機。

荊逾看了手裡的東西一眼，又看向意識還未完全清醒過來的女生，摘過救生員的帽子：「濱哥，借用一下。」

他走過去，小心地將帽子半扣在女生頭上，又把手裡的東西交給救護人員：「應該是她的。」

「好的，謝謝您。」

荊逾站在原地看著救護車開走，一旁的救生員濱哥搓了搓手臂：「今天謝了啊，要不是你，說不定要出什麼大事。」

「上班時間，少打遊戲。」荊逾推開他的手，「先走了。」

「欸，晚上請你吃燒烤啊！」

荊逾抬手揮了揮，頭也不回地離開了這處。

四面八方湧來的海風，將他單薄濕漉的白T恤吹得鼓起。

風起風停，纏繞在少年指間的長髮悄然墜落。

入夜。

海浪洶湧，潮聲不絕。

颱風「蝴蝶」即將登陸。

第二章　鯨魚

整個颱風天胡蝶都是在醫院度過的，自從上次墜海昏迷之後，母親蔣曼對她的看管更加嚴厲了。

幾乎到了寸步不離的地步，儘管她不只一次強調墜海只是意外，不是故意那麼做的，可母親只是口頭上相信。

她百無聊賴地在醫院裡躺著，病房窗戶正對著海岸邊，高大的棕櫚樹矗立在海風中。海浪拍擊礁石的動靜清晰可見，夜晚隱約能從低樓磚瓦的縫隙中瞧見一抹藍色。

胡蝶翻了個身，背朝著窗。

床邊的櫃子上放著一頂灰黑色的帽子，正中央用紅色絲線繡著「潭島救援隊」五個字，側邊歪歪扭扭繡著一個「濱」字。

她盯著那幾個字看了幾秒，飯後吃過的藥裡有催眠的作用，迷迷糊糊間彷彿又回到墜海那天傍晚。

海水從四面八方湧過來，灌進口鼻和耳朵，窒息感瞬間將她密不透風地包裹起來。

就這麼死了。

好像挺不體面的。

失去意識前，胡蝶這麼想著，緩緩閉上眼睛，放任自己墜入海底。

再醒來，又回到這間熟悉的病房，關於那天發生的一切，只剩下這頂髒兮兮的帽子能證明那不是一場夢。

在她閉上眼睛的那一秒，真的有人拉住了她。

胡蝶睡了短暫的一覺，在傍晚醒來。颱風天過後，榕城進入漫長的雨季，傍晚總是雨聲淅瀝。

她起身下床，從衣櫃裡挑了頂新的假髮戴好。蔣曼推門見女兒對著鏡子照來照去，笑道：「已經夠好看了。」

「沒有媽媽好看。」胡蝶轉過頭看向母親，也跟著笑起來：「媽媽最好看。」

蔣曼退役前是一名雙人滑冰運動員，跟胡蝶的父親胡遠衡是搭檔也是青梅竹馬。退役後她和丈夫一直在為國內花滑事業做貢獻，雖已年近五十，但臉上卻看不出多少痕跡。

「誰都沒有妳會說話。」蔣曼拿了件薄開衫披在她肩上，「餓不餓，妳中午就沒怎麼吃。」

「有點，但又不是很想吃東西。」自從開始化療，胡蝶的胃口就一直很差，偶爾吃得不對勁還會反胃嘔吐。

「那要不要喝點湯墊墊？妳爸爸下午煲好剛送過來的，妳最愛的扇貝雞湯。」

胡蝶不想讓蔣曼擔心，點頭說好。

雞湯放在冰箱裡，蔣曼盛了一小碗出來放進微波爐裡加熱，胡蝶一直跟在她身後。等喝到雞湯，胡蝶看了坐在桌旁看食譜的蔣曼一眼，猶豫著開口道：「媽媽……」

「嗯？怎麼了？」

「等過兩天不下雨了，我想出去轉轉。」胡蝶抿了下唇角：「我在醫院待了快半個月了，感覺都要發霉了。」

「妳啊……」蔣曼一向寵女兒，自從她生病，便推了所有的工作從國外回來親自照顧女兒。可上次的意外，讓她一直提心吊膽，有時半夜驚醒，還要進來看一眼確認她睡在這裡才能放心。

「只是出去一下，妳要是不放心，就跟我一起嘛。」胡蝶說：「正好我也想去找找那個救我的人，到時候還要好好感謝他。」

這陣子榕城又是颳颱風又是下雨，加上蔣曼一直擔心胡蝶病情加重，倒把這件事忘了。她鬆了口：「那等不下雨了，我跟妳一起去。」

胡蝶笑起來：「好！謝謝媽媽。」

榕城的雨下了整整一週，放晴的那天，胡蝶一早就和蔣曼出了門，根據帽子上的「潭島救援隊」五個字，母女倆很快找到了救援隊的辦公處。

只是很遺憾，這個帽子的主人在兩天前因為工作疏忽被辭退了。

「阿濱嘛，他工作一向不認真，好賭又愛玩，我勸您還是別找他了，小心被訛上。」

「謝謝您，不過您這邊有沒有他的聯絡方式，不管怎麼樣也是他救了我女兒，總歸還是要說一聲謝謝的。」

「有是有，但這個時間他不一定會接。」工作人員在抽屜裡翻到一本員工資料，找到何濱那一頁遞過去：「喏，就這個。」

蔣曼拿手機拍下何濱的資料頁，說了聲謝謝，轉頭看向女兒：「月月，我們走吧。」

「哦。」胡蝶跟工作人員點了點頭：「謝謝你們。」

胡蝶跟著母親從辦公室出來，路過走廊的員工介紹牆，在左下角看到一張寫著何濱二字的兩吋照片。

男人剃著規矩的平頭，穿著工作制服，看起來並沒有工作人員說得那麼油頭滑腦。

可胡蝶卻認出他的眼睛不是自己記憶裡的那一雙。

蔣曼走了幾步見女兒沒跟上，回過頭走到她身旁：「怎麼了？」

「好像不是這個人救了我。」被醫護人員救醒時，胡蝶雖然恢復意識，但人卻沒完全清醒。

在被戴上帽子的時候，她只看見對方的眼睛和一閃而過的手。

「我們不是有他的電話嗎，回去問問就知道了。」蔣曼說：「走吧，外面這麼熱，小心中暑。」

「嗯。」

何濱的電話一直在關機狀態，蔣曼和丈夫去他家裡找過，鄰居說他經常十天半個月不回家，也不知道什麼時候會回來。

胡蝶每天都堅持打電話給他，甚至幫這個號碼儲值了一百塊錢的電話費，她也不知道自己為什麼這麼執著，只是覺得她應該要找到這個人。

即使這個人真的是何濱。

皇天不負苦心人，胡蝶在週三晚上八點打通了何濱的電話，對方大概是在網咖，背景音很嘈雜。

「您好……請問是何濱嗎？」

『是，妳哪位啊？』

「嗯……呃，我是、我是，你還記得這個月十號你在潭島海邊，救了一個女孩嗎？」

『什麼啊，妳打錯電話了吧？』何濱罵了聲髒話，胡蝶以為是自己惹他不耐煩，正想說什麼，又聽見對方罵了句：『你媽的，射手在幹嘛？吃屎嗎？看不見兵線進水晶了嗎？』

胡蝶：「……」

她深呼吸口氣：「是這樣的，我是落水女孩的家屬，她來醫院的時候戴著你的帽子，灰黑色的，上面繡著潭島救援隊五個字，還繡著一個濱字。」

提到帽子，何濱想起來了，但他正著急推塔，語速很快地說道：『不是我救的，妳找荊逾。掛了。』

「欸……」

胡蝶還沒來得及問「鯨魚」是誰，何濱已經掛了電話，再打過去，又是關機。

她抿抿唇，放下手機，換掉病服，戴了頂波波頭的假髮，準備再去趟之前墜海的地方。

醫院離海邊不遠，沒出事之前，胡蝶喜歡在傍晚的時候來海邊看日落。看著太陽墜入海平面的那一瞬間，她會有一種又平安度過一天的幸運感。

夏日的海邊依舊人潮如流，海浪「嘩嘩」，衝擊在礁石上，被推出形狀不一的浪花。

胡蝶走到平時看日落的礁石旁，那裡不知何時加上一圈木製護欄，將人群攔在岸邊，旁邊豎著一塊木製的告示牌。

——下有礁石群，危險，請勿靠近。

胡蝶：「……」

她莫名覺得這圍欄和告示牌都是因為她才會出現在這裡。

胡蝶在海邊走了一圈，偶爾碰到穿著救援服的工作人員，會下意識看向對方的眼睛和手。

只是都不對。

夜幕降臨，海邊的人潮退去，岸邊亮起斑斕的燈光，繞著整片海域，像是從天而降的星河。

胡蝶回到醫院和母親提起這件事，蔣曼打電話給那天在救援中心接待她們的工作人員，救援中心沒有叫「鯨魚」的工作人員，他們也不認識。

蔣曼說：「那可能是何濱的朋友吧。」

胡蝶點點頭：「我明天再打電話給他問問。」

蔣曼對於女兒執著於找到這個人的想法沒多問，只是說：「找人也要多注意休息。」

「知道啦。」

胡蝶又開始每天去海邊看日落，只是最近多了找人的任務，她不再像以前一樣，一直待在同一個地方不動彈。偶爾會去海灘上轉一圈，有時甚至還會去岸上走一圈。

只是直到下一個雨期來臨之前，她都沒有找到「鯨魚」。

鯨魚。

是她根據那兩個字的讀音取的代號，在沒有正確的字代替之前，這條鯨魚也一直沒有回到這片海域。

這天是榕城最後一個晴天。

到了傍晚，海邊起了風，日落碎成幾片，烏雲遮掩月亮。

海潮連綿，山雨欲來。

胡蝶在海灘上走了一圈，不知不覺繞回當初墜海的地方，告示牌和圍欄也擋不住迴響的潮聲。

她下意識往前走了一步，身後倏地傳來一聲。

「喂。」

胡蝶的腳步猛地一停，回頭看向聲源處。

這區的路燈壞了幾盞，光線比較暗，那人又站在陰影處，胡蝶一時沒看清他的長相。

男生緩步從暗處走出，微弱的燈光修飾著他挺拔修長的身影，眉眼逐一露了出來。

短髮，額前凌亂地垂著幾縷，眼眸漆黑。人很白，長相有些頹喪。

穿著寬大的白T恤和黑色工裝中長褲，露出一截精瘦的小腿，腳上踩著一雙黑色人字拖。

他手裡拎著一袋水果，手背上的青筋因為用力而格外清晰，腕骨也很突出，像等比例縮小的嶙峋山峰。

隨著腳步聲的逐漸靠近，胡蝶看清他的眼睛是內雙，眼尾的褶皺不是很明顯，睫毛和記憶裡一樣。

又翹又長。

他停在離胡蝶兩三公尺的位置，視線落到她臉上。幾秒的停頓裡，胡蝶猜他是不是已經認出自己。

下一秒，這個猜測得到證實。

男生似是無可奈何地嘆了聲氣，漆黑的眼眸落到她臉上，聲音像是夏日長跑後一口氣灌下的冰汽水。

涼得透澈，也讓人記憶深刻。

「妳今天要是再跳下去，我可不會再救妳。」

第三章　蝴蝶

男生話語裡的調侃過於明顯，胡蝶有幾分臉熱，好在有夜色遮掩，她鼓足勇氣回道：「我沒有。」

「哦。」男生毫不在意的應著，但看起來像是不相信。

「我那天是不小心滑下去的。」胡蝶見男生要走，快步跟上去，和他並行保持半肩的距離，「你是『鯨魚』嗎？」

「不。」男生語氣平淡：「我是鯊魚。」

「……」胡蝶忍不住笑了出來，笑完才覺得不合適，有些不好意思似地抿了抿唇角：「我找你很久。」

「做什麼？」

「啊？」胡蝶一時沒反應過來。

荊逾側目看過去。

女生的臉色仍舊蒼白，唇色也很寡淡，看起來像是氣血嚴重不足。渾身上下唯一的一抹亮色便只有那一頭粉棕色的頭髮。

他想到什麼，不自覺放緩腳步：「找我做什麼。」

「謝謝你那天救了我。」胡蝶說：「我那天真的是不小心才掉下去的，我之前每天都會來這裡看日落，那天大概是蹲久了，腿有些麻……那個告示牌和圍欄是因為我才有的嗎？」

「應該吧。」

「你吃飯了嗎？我請你吃飯吧。」

她轉移話題的速度過快，饒是一直專心聽她講話的荊逾也差點沒跟上話題，他偏頭看了她一眼。

胡蝶覺得莫名，「怎麼了？」

「妳講話一直這麼……」荊逾想了想，說：「跳脫嗎？」

「啊？有……嗎？」胡蝶絲毫沒察覺，自顧自地說道：「你還沒有回答我上一個問題呢。」

荊逾略一思索，一次性回答她三個問題：「沒。不用了。有。」

胡蝶費了點時間才把他的回答對上，倒也不覺得有什麼不合適的地方，堅持道：「我一定要請你吃飯。」

「真不用，舉手之勞而已。」

胡蝶還想說什麼，一道鈴聲在兩人之間響起，她下意識摸了下口袋，不是自己的手機。剛想說什麼，那邊荊逾已經接起電話了：「在外面。怎麼了？沒找到？我馬上回來。」

他掛斷電話，看向等在一旁的胡蝶：「抱歉，今天真的不行，我有事。」

胡蝶早有預料，將早就準備好的聊天軟體加好友畫面遞過去：「那能加個好友嗎？等你有空了我再請你吃飯。」

荊逾拿她沒轍，點開APP掃了一下，朝她晃晃手機：「加了，我先走了。」

胡蝶笑著點了點頭：「我收到了。」

他「嗯」了聲，往前走了兩步，又停下腳步，從袋子裡摸出一個椰子走回來遞給她：「妳一個人回去可以嗎？」

「可以，我就住在後面的醫院。」胡蝶指了個方向，荊逾順著看過去，隔著高大的棕櫚樹，只能看見星點紅色燈光的痕跡。

他收回視線，把椰子放到她手上：「早點回去。」

「謝謝。」

「沒事。」

胡蝶站在原地看著男生走遠，手中的椰子重量不輕，她半托在懷裡，一邊走路一邊看手機。

荊逾的好友請求已經傳了過來。

他的暱稱很簡單，應該是他的本名——荊逾。

胡蝶低低念了聲：「荊、逾。」

接著又點開他的大頭照，是手工繪製的一頭鯨魚，平鋪在一張白紙上，等著入海潛游。

胡蝶點了通過。

聊天畫面迅速彈出一則系統自動傳送的訊息。

荊逾：『我是。』

胡蝶單手不方便打字，走到一旁長椅坐下，把椰子放在一旁，打了幾個字傳過去。

胡蝶：『我是胡蝶。』

傳送過去才覺得有點呆，胡蝶又不好意思收回，補了一句。

胡蝶：『荊逾你好。』

「……」

完了。

怎麼覺得更呆了。

胡蝶撓撓臉，也不知道還能再傳什麼，又一直沒等到荊逾的回覆，只好抱著椰子先回了醫院。

「哪買的椰子啊？能喝嗎，妳現在不能吃外面的東西。」蔣曼拿熱毛巾幫她擦了擦臉，見她一直抱著椰子不鬆手，笑道：「怎麼還捨不得放了？要是想喝這個，我讓妳爸爸明天買給妳。」

「我就要這個。」胡蝶在房間看了一圈，最後把椰子放在床頭的櫃子上：「先不喝，我想放幾天。」

「隨妳。」蔣曼招呼她過來坐下：「先喝點湯。」

「哦。」胡蝶在桌旁坐下，看蔣曼在小廚房盛湯，「媽媽，我找到那天救我的人了。」

「是嗎？」蔣曼端著湯碗走過來：「是那個什麼『鯨魚』嗎？」

「對，就是他。」

「妳留人家聯絡方式了嗎？改天我和妳爸請人家吃頓飯。」

「留了，我加了他的好友。」胡蝶拿湯勺撇著湯裡沒挑乾淨的蔥花：「媽媽，我自己去請人家吃飯吧。」

「妳請像什麼話？回頭人家說妳家大人不懂事。」

「他救的是我啊。」胡蝶笑了聲：「他看起來應該跟我差不了幾歲，你們要是請客，人家會不自在。」

「那妳知道他住在哪嗎，我讓妳爸送點東西到他家也行。」

胡蝶搖頭，喝了口湯說：「我之後問問。」

「行了，找到了就好。」蔣曼又起身去切水果，「妳這兩天也少往外面跑，天氣這麼熱。」

胡蝶含糊應著，喝著湯又去拿手機，點開APP，和荊逾的聊天室仍舊停留在她最後傳的那一則訊息。

她順勢點開荊逾的個人動態，背景圖是一片藍色的海。底下頁面有一行小字——朋友僅展示最近三天的動態。

胡蝶反覆點開他的大頭照看了幾次，正準備放下手機，一則新訊息彈了出來，緊跟著又彈出一則。

荊逾：『嗯。』

荊逾：『我是荊逾。』

胡蝶笑了出來，蔣曼端著切好的柳丁和蘋果走到桌旁，問：「看什麼，笑得這麼開心。」

「一個很好笑的笑話。」胡蝶隨意擦了擦嘴，跑到沙發上躺下才回荊逾的訊息。

胡蝶：『你明天有空嗎？』

荊逾：『感謝我收到了，但是吃飯真不用了。』

胡蝶：『……』

胡蝶：『你怎麼騙小孩啊。』

荊逾：『？』

胡蝶：『加好友的時候我明明跟你說好了要請你吃飯的，不然我也不會加你好友了。』

荊逾過了一陣子才回。

荊逾：『那不然刪好友？』

胡蝶：『？』

第四章　精靈

荊逾看著胡蝶的回覆，冷不防笑了聲，坐在對面的邵昀踢他一腳：「笑屁啊，我跟你說正經事呢。」

「沒笑你。」荊逾關上手機螢幕，隨手往沙發上一放，往前傾身從袋子裡摸出一顆椰子，動作俐落地開了道口，往裡丟了根綠色的吸管遞給邵昀。

邵昀被他這麼一打岔，也忘了剛剛在說什麼，接過椰子猛吸一口：「海濱城市的椰子味道就是不一樣。」

荊逾沒搭話，又開了個椰子起身拿給坐在電視機前看卡通的莫海：「別湊那麼近，小心近視。」

傍晚時莫海跟小夥伴在附近森林公園玩躲貓貓，藏在樹上一不小心睡了過去，莫爸莫媽找不到兒子，只好先打電話給姪子荊逾。

荊逾托朋友查了公園的監視器才找到他，領著人回家，莫媽忍不住揍兒子一頓，現在他格外老實。

「謝謝哥。」接過椰子，莫海又乖乖往後挪了挪位置。

「喝吧。」荊逾揉揉他軟趴趴的頭髮，對著邵昀指了指外面，抬腳先走了出去。

邵昀捧著椰子，也起身跟了過去。

院子裡點著燈，沒月光也不顯得暗淡。

邵昀走到荊逾旁的涼椅躺下，頭頂是黑沉沉的天，半點星光也沒有。他嘴裡咬著吸管，含糊道：「你弟弟的病能好嗎？」

莫海三年前出過一次意外，腦袋受了傷，不清醒時就跟三歲小孩一樣，但有時也會恢復正常，跟一樣年紀的小孩沒什麼差別。

「難。」荊逾雙手墊在腦後，「溺水，大腦缺氧的時間太長，現在偶爾能正常一下子都算是幸運的。」

「唉，真遺憾啊。」

「有什麼遺憾的，人各有命。」

邵昀坐了起來：「你說對了，人各有命，你的命就該是現在這樣嗎？」

荊逾閉著眼沒作聲。

「我說你就算不回隊裡，學總要上的吧，都一年多了，你真的不打算回學校了啊？」

邵昀跟荊逾既是大學同學也同是游泳隊的隊員。

一年前荊逾車禍意外受傷，出院後回學校辦了休學手續，還交了退隊申請，但是學校那邊只通過他的休學申請，至於退隊的事情，教練說不作數。

「我這趟過來找你可是奉了王教練的聖旨，一定要把你帶回去的，不然我也不用回去了。」邵昀一個人聲淚俱下說了一番，見荊逾半天沒出聲，湊近一看，才發現這傢伙不知道什麼時候睡著了。

「你大爺。」邵昀氣不打一處來，往荊逾腹部砸了一拳：「敢情我在這裡說了半天，你一個字都沒聽進去。」

荊逾被捶醒，皺著眉頭回罵道：「你有病啊？」

「我有你。」

「……」荊逾掀開T恤看了一眼，邵昀這王八蛋一點力都沒收，被砸中的地方紅了起來：「靠，你真狠。」

「沒往你臉揍算是我對你最後的情分了。」邵昀躺回去，過了半晌，他突發奇想道：「欸，我們明天租個遊艇出海去玩吧。」

「雨季要來了，你不要命你就去。」

邵昀怒斥：「你是生怕別人不知道你長了張嘴是吧！」

「你沒有嗎？」

「我他媽——」邵昀覺得自己遲早要被荊逾這傢伙氣死，順手拿起桌上的椰子朝他丟了過去。

荊逾起身一躲，動作迅速地撿起椰子又扔了回去，殼裡還剩一小半椰子汁，灑了邵昀一身。

不等邵昀反應過來，他已經閃回了屋裡。

荊逾拿著手機進了浴室，聽邵昀在外面罵人，笑著點亮手機，頁面還停留在他和胡蝶的聊天室。

大概一直沒等到他的回覆，她傳了一個問號之後，便沒再傳新訊息。

荊逾靠著洗手檯，順手點開胡蝶的動態，和他的三天可見不同，胡蝶的動態每天都有更新。

她保持一天一則的頻率，內容大多都是海邊的日落。

荊逾迅速翻了翻，隨手點開其中一張，從照片角度和畫面上的風景來看，確實是在礁石岸邊拍的。

他往上滑了兩下，發現她最近拍的照片和之前的不在同一個位置，換到了礁石岸邊的南側。

荊逾大概知道原因，退出之前順手更新了一下。頂端的位置突然冒出一則新的動態。一分鐘前才上傳的。

胡蝶：『椰子.jpg』。

配圖是一張椰子被擺放在窗臺的照片。

十分鐘後。

胡蝶洗漱完回到床上，拿起手機看到自己剛剛上傳的那則動態多了六個讚和五則留言。

她點開。

其中有一個熟悉的鯨魚頭像。

胡蝶順著點進和對方的聊天室，發現對話還停留在她傳的那個問號，嘀咕了句：「不回訊息，在這裡點讚我的動態……」

她想了想，又傳了一個問號過去。

荊逾這時倒是回的很快。

荊逾：『？』

胡蝶：『我試試看你有沒有把我刪了。』

荊逾：『嗯。』

胡蝶捧著手機，一時不知道該再說什麼，敲敲打打，還沒想好，手機又震動了聲。

荊逾：『睡了。』

「好吧。」胡蝶嘆了聲氣，打了幾個字傳過去。

胡蝶：『你睡得真早啊。』

荊逾：『早嗎？都九點了。』

胡蝶：『都？』

荊逾：『已經九點了。』

胡蝶：『……』

荊逾沒再回覆，胡蝶玩了下消消樂，迷迷糊糊睡過去。夜裡下起雨，劈里啪啦砸在玻璃上。

這場雨接連下了一週，海岸線都高了幾許。

胡蝶悶在醫院裡，動態的更新變成了窗前的雨、雨後滴著水的榕樹葉、樹下被雨水砸出的小坑。

好不容易放晴，她記著欠荊逾那頓飯，提前到了上次跟他碰面的地方，才傳訊息給他。

胡蝶：『你今天有空嗎？我在上次你給我椰子的地方，你要是有空就過來，沒空我們就約下次。』

荊逾半個小時後才看到這則訊息。

他剛跟邵昀和莫海從海鮮市場買完菜回來，準備晚上在家裡弄點燒烤吃，看著胡蝶的訊息，他下意識往外走。

「你去幹嘛啊？」邵昀叫喚了聲。

荊逾停下腳步，站在院子裡回訊息。

他本可以當做沒看見，她久等不到自然會回去，但也許是同情心作祟，荊逾做不出這事。

荊逾：『妳回去了嗎？』

胡蝶：『……你終於回訊息了。』

荊逾欲要解釋，剛打下「剛剛」兩個字，她又傳來訊息。

胡蝶：『正準備回去了。』

荊逾握著手機，垂眸看著輸入欄跳動的輸入符號，想了想，把剛打好的兩個字刪了，快速敲下幾個字。

荊逾：『站那等我吧，我現在過去。』

胡蝶：『！』

胡蝶：『好。』

那位置離荊逾家不遠，幾分鐘的腳程，荊逾從巷子一繞出去就看見馬路對面的女生。

她今天又換了髮型，銀藍色的公主切，穿著藍白色系的水手服，襯得膚色冷白。

身形清瘦，露出的骨節很纖細，沒什麼贅肉，有很清晰的線條感。

荊逾停下念了一路的「都是同情心作祟」，深吸口氣，本想直接喊她的名字，但不知道怎麼，突然卡住：「那個……」

胡蝶聽到動靜抬起頭。

彼時正好一輛車駛過，過快的速度讓帶起的風有了形狀，兩人隔著重重車影猝不及防對上眼。

暮色下，女生像偶然闖入人間的精靈，有著和這浮囂塵世格格不入的清透和乾淨。

莉逾停住腳步，四周重回平靜，唯有心跳聲清晰可聞。

第五章　白玉

胡蝶踩著綠燈倒數計時的秒數越過馬路，湧起的風不停吹動她的長髮和裙擺。

她走到男生面前，很輕的笑了下，語氣同樣輕得很：「荊逾。」

「嗯。」荊逾應聲才覺得喉嚨乾澀，下意識輕咳了聲說：「妳一直在這裡等我？」

「對啊，怕你躲著我，所以就自作主張先過來了。」胡蝶有雙瀲灩動人的桃花眼，笑起來水潤潤的，格外勾人。

她撩起黏在臉側的頭髮，說道：「現在看來，這個辦法還是有效的。」

荊逾不知道說什麼，又「嗯」了聲。

「你今天是有空的對吧？」胡蝶往四周看了看：「我很少在這附近吃東西，你有沒有什麼想吃的？」

「去我家吧。」

「啊？」胡蝶轉過頭看著他，神情逐漸變得警惕。

荊逾輕笑，襯得眉眼間那股淡淡的頹喪感少了幾分，「我和朋友準備晚上在家裡弄燒烤，妳要是不介意的話就一起。」

「可這樣就不算我請你了啊。」

荊逾也抬頭往四周看了一眼，瞥見街角的百貨超市，說：「那今晚的酒水妳負責？」

「可以啊。」胡蝶跟著他往前走。

兩人一前一後走進超市，荊逾搬了一箱啤酒，又拿了幾瓶橘子汽水，回頭問：「妳喝什麼？」

「這個吧。」胡蝶從一旁的貨架上拿了一瓶優酪乳，「你們還有其他要買的嗎？」

「沒了。」荊逾靠著收銀檯的玻璃櫃面，指了指一旁的付款碼：「掃這裡。」

「哦。」胡蝶把優酪乳遞給老闆娘，等她掃完條碼，摸出手機對著付款碼掃了一下，「多少錢？」

老闆娘：「七十六。」

她低頭操作，店裡的到帳提醒緊跟著響了一聲：「收款到帳七十六元。」

荊逾抱起啤酒，空出手去拎裝著汽水的袋子，胡蝶搶在他之前拎了起來：「我來吧。」

汽水是玻璃瓶裝的，七八瓶加在一起重量也不輕，拎著有些吃力，胡蝶乾脆抱在懷裡：「走嗎？」

「等一下。」荊逾放下手裡的啤酒，伸手將她抱在懷裡的袋子拎了起來，又轉身去抱擱在桌上的啤酒：「走吧。」

胡蝶跟上他的腳步，「我拿得動的。」

「嗯。」

「我真的拿得動。」

「我知道。」荊逾說：「我也拿得動。」

「……」胡蝶和他保持差不多的步伐，「你是榕城本地人嗎？」

「是，也不是。」荊逾的步伐邁的不大，玻璃瓶在袋子裡叮鈴噹啷的碰著，「我的戶籍在這裡，但我父母一直定居在B市，我從小到大都在那邊生活。」

「哦。」

「妳是嗎？」

「我是啊，我是土生土長的榕城人。」胡蝶說：「那你是來榕城過暑假的嗎？」

「嗯。」

「真好啊。」

荊逾側頭看了女生一眼，沒多問。

荊逾現在住的房子是他爺爺奶奶留下的老宅，藏在巷子裡的一棟兩層樓高的樓房，帶著面積不小的院子。

院裡栽著一棵榕樹，爬牆虎鋪滿整個牆壁，涼亭的葡萄藤墜半空中，夾竹桃搖曳在牆角的陰影裡。

榕樹下還有一口涼井，邵昀的烤肉架就搭在一旁，胡蝶跟著荊逾走進院裡時，他正忙得熱火朝天。

「莫海莫海！！快快快，幫哥哥把風扇搬出來，熱死人了。」邵昀剛點著炭火，院裡煙熏繚繞。

胡蝶被薰得直咳。

邵昀聽到動靜，抬起頭看見荊逾：「你總算回來了，這東西怎麼——」

他看見站在荊逾身後的女生，頓了一下才說：「你朋友？」

「嗯。」荊逾走過來，拿起一旁的蒲扇對著炭火堆猛搧了幾下，火苗成功竄了起來。

他輕輕搖動蒲扇，替兩人介紹，「胡蝶——」

邵昀沒反應過來，眼神往四周亂瞟，「蝴蝶？哪裡有蝴蝶？」

「……」荊逾深吸口氣：「她叫胡蝶。」

胡蝶隨之抬手跟邵昀打了聲招呼：「你好。」

邵昀呵呵笑著：「你好，我叫邵昀，雙耳邵，日字旁的那個昀，蝴蝶是妳的藝名嗎？」

「我本名就叫胡蝶，古月胡。」

「哦。」邵昀笑道：「你們的名字有點意思啊，天上飛的，海底游的，聽起來都不像人名。」

胡蝶：「……」

荊逾：「……」

邵昀撓頭一笑：「開個玩笑，別介意哈。」

胡蝶怕他尷尬，不怎麼在意的說：「沒事，習慣了。」

邵昀是個自來熟，絲毫不覺得有什麼尷尬的，「妳跟荊逾怎麼認識的啊？」

「關你屁事。」荊逾把蒲扇往他手裡一塞，「看著火。」

「行，你是大爺。」邵昀說不過荊逾，把火氣全往火裡撒，手裡動作又快又猛，搧得火焰直往上竄。

還沒走開的荊逾往他膝彎上踢了一腳：「搧小點。」

「是是是，知道了，我的大爺。」邵昀跟胡蝶擠眉弄眼：「他是不是特別煩人？」

荊逾冷不防看了過來：「我不聾。」

邵昀一噎，不說話了。

胡蝶忍不住笑，走過去問荊逾：「有什麼我可以幫忙的嗎？」

「不用。」荊逾想起什麼，洗了手，從袋子裡拿出優酪乳和一瓶橘子汽水，「跟我來。」

胡蝶不明所以，跟著他進了屋。

客廳電視機開著，一個小男生坐在那裡。

胡蝶看著荊逾走過去，聽他叫：「莫海。」

小男生回過頭：「哥，你回來了啊。」

荊逾摸了下他的腦袋：「邵昀哥在外面喊你幫忙你怎麼不去？」

莫海視線盯著電視機，嘴裡嘟囔著：「他太笨了，不想去幫他忙。」

「行，他笨我們不理他，那哥哥交給你一個新的任務。」荊逾起身示意胡蝶走近，「這是胡蝶姐姐，她今天來我們家裡做客，你幫哥哥招待一下她好嗎？」

胡蝶抬起手：「嗨。」

「姐姐好。」莫海站起身，拿起放在沙發上的枕頭，很有禮貌地說：「請坐。」

「謝謝。」胡蝶依言坐過去，他又坐回去繼續看電視。

荊逾把手裡的優酪乳遞給胡蝶：「妳陪他看一下電視，等等弄好了我叫你們。」

「哦。」胡蝶接過優酪乳，外面的包裝盒上沾著男生手上的濕意，她無意識抹了抹。

荊逾找到桌上的開瓶器，撬開汽水瓶的蓋子，把汽水遞給莫海：「好好招待姐姐。」

「知道了。」

他又看向胡蝶：「我先出去忙了。」

胡蝶點點頭：「好。」

電視機放著《熊出沒》動畫，莫海仰頭咕嚕咕嚕喝完汽水，起身將汽水瓶放到牆角的塑膠筐裡。

筐中已經放滿一半的空瓶子。

他走回來，沒再坐在地上，而是和胡蝶一起坐在沙發上，沉默一陣子後他突然開口：「妳不喝嗎？」

「什麼？」胡蝶反應過來：「你要喝嗎？」

「不要，哥哥給妳的。」他說著不要，可眼睛卻沒挪開。

胡蝶插上吸管遞過去：「我不渴，你喝吧。」

莫海猶豫一下才伸手接過去：「謝謝。」

胡蝶笑了下：「不客氣。」

天色漸晚，胡蝶打電話給蔣曼說自己今天晚一點回去，蔣曼問了她在什麼地方。

「在荊逾家裡。」胡蝶簡單解釋一番。

蔣曼叮囑道：『早點回來，別太麻煩人家，等下把定位傳給我。』

「我知道了。」掛了電話，胡蝶把自己的定位傳給蔣曼，又點開拍攝功能，準備拍一小段影片傳過去。

她按下拍攝鍵，鏡頭往右，正好拍到一腳踏入屋裡的荊逾。

鏡頭裡，男生不知何時戴上一抹黑色髮帶，將額頭全都露了出來，濃眉劍目。燈光下，五官的輪廓格外清晰。

T恤的袖子被他高高捲起，上臂有明顯卻不誇張的肌肉線條，右邊手臂上幾道褪不去的疤痕如同羊脂白玉上裂開的細紋，失掉本該有的美感。

他還保持一腳在屋裡，一腳在屋外的姿勢，見胡蝶舉著手機，下意識擋了下臉。

第六章　天才

影片的錄製時長有限，胡蝶放下手機，荊逾沒對自己的動作多做解釋，站在原地問道：「妳有什麼忌口的嗎？或者不吃的。」

胡蝶略一思考，有些不大好意思：「好像挺多東西都不能吃，不過我吃得少，你們不用遷就我。」

荊逾點點頭，又問：「那妳能吃什麼？我們晚上以海鮮為主，還有一些蔬菜和菌菇，妳有什麼想吃的嗎？」

「那就……扇貝和蘑菇吧。」她不敢吃太多，折中選了兩個平時燉湯能吃到的東西。

「能吃辣嗎？」

胡蝶搖搖頭。

荊逾事無鉅細：「蔥薑蒜這些，還有香菜吃嗎？」

胡蝶也是第一次聽說燒烤還要放香菜，下意識皺了皺眉說：「我不吃香菜，其他的都還好。」

「行，妳接著玩吧。」

荊逾問完話又自顧自走開，胡蝶從客廳的窗戶看到他回到烤肉架前，轉頭和邵昀說話。

她收回視線，點亮手機，先前錄好的影片自動播放起來，最後定格在男生抬手擋住臉的那個瞬間。

從這個角度拍過去，襯得他手長而細，微微彎曲的骨節格外分明。

在影片開始重複播放之前，胡蝶點了一旁的綠色傳送鍵，等到傳送成功她又迅速點了收回。

APP錄製的影片只要傳送就可以自動儲存在相簿裡。

怕蔣曼問起，胡蝶又傳了一句「點錯了」，蔣曼也沒多問，傳一個「嗯嗯」的貼圖。

這頓晚飯的準備時間有點久，荊逾時不時就進屋拿個東西，每次進來都帶一串烤好的蘑菇或是扇貝給胡蝶和莫海。

等到正式開飯時，胡蝶已經吃得半飽，她幫忙將烤好的東西端上桌，荊逾遞了一張衛生紙給她：「妳別動了，坐著吧，小心弄髒衣服。」

聽著他總拿她當小孩了來看的話，胡蝶忍不住反駁道：「我不是小孩子了。」

荊逾聽著，手裡的動作沒停，問了句：「妳多大了？」

「十七。」

「哦，那不是還沒成年嗎？」荊逾抬頭看過去：「在我們這裡，沒成年的都是小孩子。」

胡蝶據理力爭：「可我虛歲已經十八了。」

荊逾「嗯」了聲，似是認可，但很快又說了句：「小孩才說虛歲。」

胡蝶：「……」

邵昀在一旁笑：「來來來，小孩先坐，等著大人拿吃的給你們就行了。」

胡蝶說不過他們，只能被分到跟莫海一起的「小孩」裡坐在桌旁等著開飯。

荊逾把剛烤好的幾串扇貝和蘑菇放到胡蝶面前的空盤上，見莫海抱著汽水咕嚕咕嚕直灌，問了句：「妳喝完優酪乳了？」

「啊，喝完了。」胡蝶拿起一串的烤扇貝，咬了一口說：「我等一下喝水就好了。」

「沒事，等等喝粥吧。」

「粥？」胡蝶笑了下，說：「燒烤配粥，你們還挺養生的啊。」

荊逾瞥了她一眼，沒多做解釋。

荊逾熬了一小鍋扇貝蘑菇粥，等到四個人都在桌旁坐下時，胡蝶才隱約意識到這鍋粥可能是單獨做給她的。

莫海只顧埋頭吃海鮮，邵昀和荊逾喝著在井水裡冰過的啤酒，只有她捧著小碗吸溜吸溜在喝粥。

小院裡點著燈，飛蛾撲湧在燈下。

胡蝶喝完小半碗粥，額頭冒了層細汗，她伸手抽了張衛生紙擦汗，荊逾放下啤酒罐，說：「粥在鍋裡，自己盛。」

「哦。」胡蝶其實已經有些吃不下了，但不想駁荊逾的好意，起身又去盛了小半碗粥。

粥是剛熬好的，汩汩冒著熱氣，胡蝶盛完粥回來，手指被碗底燙得發紅，抬手摸著耳垂降溫。

剛坐下，後背一陣涼風吹了過來。

她轉頭看了一眼，才發現原先一直搖擺扇風的電風扇被固定住，大半方向都朝著她這裡。

胡蝶摸著耳朵下意識看向坐在一旁的荊逾。

男生坐在燈光下，髮帶摘下後，額前被水打濕後的碎髮垂落，臉上有淡淡紅意。

喝酒時，人微仰，下頜線條清晰凌厲，喉結輕滾，酒意暢然。

他放下啤酒罐，唇間有淡淡水意，可他渾然不覺，捏了一顆花生丟進嘴裡，笑著往後一靠。

昏黃燈光下，浪蕩又肆意。

胡蝶看得莫名臉熱。

耳垂在此刻不僅起不到降溫的作用，反而愈來愈燙，身後的風越大，心跳也越來越快。

荊逾冷不防看了過來。

胡蝶身形有須臾的僵硬，而後鬆開手，故作自然地用小瓷勺攪著碗裡的粥。

熱氣薰染，興許能掩蓋幾分臉紅耳熱。

「很熱嗎？」荊逾問了句，側身從一旁的冷水桶裡撈了一罐冰啤酒出來，擦乾淨外面的水，遞了過去：「拿著涼一下。」

「謝謝。」胡蝶接了過去，透澈的涼意瞬間從指尖傳了上來。

「早知道拿到裡面開著冷氣吃好了。」邵昀灌了一大口冰啤酒，「現在才六月，等到七八月，你們這裡還不熱瘋了啊。」

胡蝶捕捉到什麼：「你不是榕城人啊？」

「啊，我不是，我東北人，跟荊逾是大學同學。」邵昀問：「妳應該是本地的吧？」

「嗯，我是。」

「妳十七……」邵昀算了下：「那妳今年要考升學考啊，成績快出來了吧？怎麼樣，要不要填到B市來？」

胡蝶搖搖頭：「我沒參加升學考，我休學了。」

「是嗎。」邵昀喝了口酒，以非常生硬的方式轉移了話題：「妳的頭髮挺酷啊。」

胡蝶忍不住笑，伸手摸了摸髮尾，也沒說這是假的，隨口應了句：「你要是想染，我可以幫你介紹。」

邵昀跟著樂：「那算了，我要是真的頂著這頭絢麗的藍色回去，教練大概要把我按在泳池裡打一頓。」

胡蝶意識到什麼：「你是運動員？」

「啊，不像嗎？」邵昀捲起衣袖，故意繃緊手臂顯出優越的肌肉線條：「國家一級拳擊運動員。」

胡蝶一本正經：「你們練拳擊是在泳池裡練的啊？」

「哎呦我靠。」邵昀笑著搓了搓臉：「大意了，沒騙到妳。」

荊逾忍不住吐槽道：「就你這智商，不被別人騙就算好的了。」

「你會不會說話。」邵昀咬著烤肉串，說：「說真的，妳跟荊逾到底怎麼認識的，是不是他在街上跟人吵架，妳出面替他解了圍。」

「沒有，說起來還是他救了我。」胡蝶看了荊逾一眼，見他沒有要攔著的意思，接著道：「前段時間我在海邊不小心墜海，是他救了我。」

「我靠。」邵昀忽地瞪大了眼睛。

胡蝶以為是自己墜海的事情讓他有所誤會，下意識想解釋，但邵昀好像不是這個意思。他看了看荊逾，神情有些古怪，問道：「你下水了？」

「啊？」胡蝶沒明白，疑惑地看著他們。

荊逾卻不願多說，起身端起桌上的空盤，淡淡道：「你們接著吃，我再去烤點東西。」

桌上忽然安靜下來，只剩什麼都不知道的莫海埋頭吃得正開心。

邵昀收起之前開玩笑那副吊兒郎當的模樣，沉默著喝完易開罐裡最後一點酒，拿起桌上的打火機跟菸盒，說：「你們吃啊，我去外面抽根菸。」

「好。」胡蝶點點頭看著他走出院子，又轉頭看向站在烤肉架前一言不發的荊逾，一時間不知道該說什麼。

她收回視線，一旁的莫海吃東西的見空抬頭朝她露了一個笑，胡蝶也跟著笑了笑，遮了張衛生紙給他擦嘴。

院子外有人聲走過，院子裡靜得只剩下荊逾烤東西的動靜。

荊逾把茄子剖開刷上油撒上醬料放到烤架上，又用錫紙做了一個蒜蓉金針菇，收拾完這些他才回到桌旁坐下。

「吃飽了嗎？」他問。

「差不多。」胡蝶摸著有些僵硬的髮尾，問道：「邵昀……他沒事吧？」

「沒事，不用管他。」荊逾看她碗裡的粥已經不怎麼冒熱氣，說：「我幫妳重新盛一碗吧。」

「不用，還溫著呢。」胡蝶又攪了攪，舀了一口吃下去說：「這個溫度吃正好。」

「嗯。」荊逾話也不多，安靜喝著酒。

莫海吃到盡興，起身拿著電蚊拍在院子裡跑著玩，荊逾陪胡蝶吃了一下，又起身去看烤肉架上的東西。

莫海興沖沖擠到他面前，荊逾撕了一小條烤茄子給他，他被燙得齜牙咧嘴，臉上表情十分豐富。

荊逾被逗笑，說：「去外面喊邵昀哥哥進來吃飯。」

莫海得令，興沖沖往外跑，荊逾又叮囑道：「小心點。」

院子裡的地不平，年久失修，坑坑窪窪的地方很多，莫海跑出去又很快跑進來。

胡蝶抬頭看了一眼，邵昀沒跟著他一起進來。

她不好多問，輕輕嘆了聲氣。

過了一陣子，邵昀才推門走進來，他大概是抽完了半包菸，坐下時風裡有很重的菸味。

胡蝶把荊逾剛端上桌的錫紙金針菇往他那邊推了推：「這個是剛烤好的。」

邵昀應聲：「妳不吃了啊？」

「嗯，吃飽了。」

胡蝶跟他有一句沒一句聊著。

一旁荊逾抬眸往這邊看了一眼，沒說話，繼續往烤肉架上放東西，沒多久忽地聽見邵昀大喊了聲：「莫海！」

他嚇了一跳，抬頭一看，心跳都快停了。

莫海整個人撲倒在地上，一旁的電風扇被他絆到，也跟著往前倒。

扇葉的那一端剛好砸在胡蝶的肩背上，跟著又落到水泥地上，發出「哐」的一聲。

荊逾也顧不上烤什麼了，三步併作兩步走過去，胡蝶大概被砸傻了，被他拉著站起來時，也不覺得疼。

「能動嗎？」荊逾抬著她手臂動了動，「疼嗎？」

「還好，不是很疼。」胡蝶看向被邵昀扶起來的莫海，說：「只砸到一小塊，風扇也不重，沒什麼感覺的。」

「確定？」

胡蝶動了動手臂：「真的不疼。」

荊逾聽她這麼說，神情也沒輕鬆多少，沉著臉叫莫海過來：「跟姐姐道歉。」

「我真的沒事。」胡蝶看莫海明顯被嚇到的神情，情急之下伸手拽了拽荊逾的袖子：「我真的沒事，你別嚇到他了。」

傍晚短短的相處中，胡蝶隱約察覺到莫海的心智可能有什麼問題，這樣的小孩最怕遇到這種情況，很容易留下心理陰影。

「不能寵著他，得讓他知道自己做錯了。」荊逾看著莫海，重複道：「跟姐姐道歉，哥哥就不生你的氣了。」

莫海白著張臉，小聲道：「姐姐，對不起。」

胡蝶伸手替他拍了拍衣服上的灰塵，安慰道：「沒事，姐姐沒事，你以後自己小心點，別再摔倒了。」

「嗯……」莫海湊過來在胡蝶肩膀那裡吹了吹：「呼呼，姐姐不痛。」

胡蝶笑了笑：「不痛。」

出了這事，莫海不敢再造次，乖乖坐在桌旁摳手，一頓飯吃得亂糟糟的，胡蝶也有些過意不去。

她等著荊逾和邵昀吃得差不多才說要回去了。

荊逾放下筷子：「我送妳回去。」

「不用，很近的，我自己回去就好了，你們早點吃完早點休息。」胡蝶站起身，肩膀隱隱傳來一陣痛意。

荊逾語氣堅持：「太晚了，我送妳。」

莫海知道自己剛剛做錯了事，這時想彌補，在一旁小聲說：「我也要去。」

桌上唯一沒開口的邵昀見狀，迅速往嘴裡塞了一筷子金針菇，跟著站起來說：「好了別爭了，我們一起，就當散步消食了。」

荊逾難得沒反駁他：「走吧。」

胡蝶沒轍，只能跟上。

從巷子出去，胡蝶接到蔣曼的電話，放慢步伐走在人後接電話：「回來了，在路上。」

男生走在前，影子落在後面。

胡蝶有一下沒一下踩過去：「那妳過來吧，我可能過個馬路就能看見妳了。」

踩在腳下的影子不動了，胡蝶抬起頭，男生停在原地，正回頭往這裡看，她下意識把腳從他的影子上挪開。

「我先掛了媽媽，等等見面說。」她掛掉電話，匆匆跟了上去：「我媽媽的電話。」

荊逾「嗯」了聲：「聽出來了，她來接妳了嗎？」

「嗯。」

荊逾沒再說什麼，在路口等紅燈時，他看向站在身旁的女生，忽地抬手輕輕按了下她的肩膀。

這動作猝不及防，胡蝶來不及掩飾，疼得倒吸一口涼氣，眉頭也跟著皺了起來。

荊逾默默收回手：「有灰。」

「……」胡蝶不知他說的是真是假，只是猜測他可能已經知道自己的肩膀在剛才被砸傷了。

她正想說什麼，馬路對面傳來熟悉的聲音：「月月。」

胡蝶抬頭看過去，跟蔣曼招了招手，又看向身旁的三人，解釋道：「我媽媽來接我了。」

邵昀「哦」了聲，說：「那我們就送到這裡了，不然還要再等一個紅燈。」

紅燈已經在倒數計時，胡蝶說：「好，我先過去了，今天謝謝你們的招待。」

「客氣。」邵昀勾著莫海的肩膀把人帶到身前：「來，跟姐姐說再見。」

莫海：「姐姐再見。」

「再見。」胡蝶走下臺階，人群裡，她回頭看了一眼，他們三人已經轉身往回走了。

綠燈時間只有三十秒，胡蝶快步走過去，蔣曼也迎了過來，聞到她身上的味道，問：

「晚上吃燒烤啊？」

「嗯，不過我只吃了一點扇貝和蘑菇，還喝了兩碗荊逾熬的扇貝蘑菇粥。」胡蝶挽著蔣曼的手臂，動作間牽扯到肩頸間的痛處，忍不住輕嘶了聲。

「怎麼了？」

「走路不小心被東西砸了一下。」胡蝶不敢亂動：「有點疼。」

「肯定又邊走路邊玩手機了。」大馬路上蔣曼也不好直接去看她砸到哪裡，「走吧，回醫院看看。」

「嗯。」

夜風起，母女倆的身影漸行漸遠。

街對面，邵昀拉著莫海停在一家水果攤前，荊逾跟著停了下來。

邵昀挑了個西瓜讓老闆去秤重，搭著莫海的肩膀說：「我怎麼覺得胡蝶的媽媽有點眼熟。」

他往先前的路口看了一眼，那裡早就換了一撥人。

老闆秤好西瓜：「二十六。」

荊逾掏出手機結帳，讓莫海抱著西瓜，沒在意邵昀說的眼不眼熟的問題：「回去了。」

邵昀一路上都在回想到底在哪見過胡蝶的母親，但只能摸到個影子，怎麼都想不起來。

直到在家門口看見荊逾鄰居家小孩踩著直排輪飛了過去，他腦袋裡電光火石般一閃，抬手猛地拍了下腦袋：「我知道了！蔣曼！蔣曼！」

蔣曼，前國家隊花式滑冰隊運動員，曾多次獲得全國少年女子甲組冠軍，後來和其搭檔胡遠衡（兩人於一九九七年結婚）更是蟬聯了四年的全國雙人滑冠軍。

之後也曾在國際賽場獲得眾多殊榮，退役後，蔣曼和丈夫胡遠衡一直工作在國家隊前線，一九九八年她曾擔任廈市花式滑冰隊總教練，夫妻二人對國家花式滑冰貢獻良多。

「我就說怎麼那麼眼熟。」邵昀摸出手機搜尋了蔣曼的名字，頁面第一列便是蔣曼的維基百科。

他點開照片看了一眼，雖然比剛剛見過的那張臉年輕幾歲，但明顯可以看出是同一個人。

「真沒想到啊，胡蝶竟然是蔣曼老師的女兒。」邵昀跟著往下看了看其他相關新聞，在看到其中一則時，猛地停住腳步。

荊逾聽他碎碎唸了一路，耳朵都快炸了，一腳邁進門內見他還愣在原地，問了句：「怎麼了？」

「胡蝶……」邵昀的神情有一瞬間的驚訝和不忍。

荊逾大概猜到一些內容，人停在原地，似是在進門和繼續聽下去之間猶豫，但很快他便出聲問邵昀：「你看到什麼了？」

「你自己看吧。」邵昀把手機丟給他，自己進了屋。

荊逾拿到手機卻沒急著打開驗證自己的猜測，約摸過了兩三分鐘，他拿著手機坐到門檻上。

月色傾瀉，落了滿院的月光，唯獨他坐的那片黯淡無光。

邵昀的手機沒密碼，荊逾一點開就回到之前瀏覽的頁面，是一則新聞報導。

標題取得文縐縐，叫——「蝴蝶」飛不過滄海，天才少女就此隕落。

第七章　游魚

胡蝶一回到醫院就被蔣曼拉著去拍了X光片，倒是沒傷到骨頭，只是有些瘀青，醫生開了點活血化瘀的藥。

「妳看看妳，這麼大的人了，走個路還能被撞成這樣。」蔣曼倒了藥油在手心化開，按在胡蝶肩膀處的瘀青上。

她被疼得瑟縮了下，整張臉皺在一起：「我不是……嘶，媽媽媽媽輕點輕點，我只是走路沒注意……」

「這兩天少出去了，在醫院好好歇著。」蔣曼說完見她不出聲，問道：「聽見了沒？」

胡蝶齜著牙，長長的「嗯」了一聲。

擦完藥，蔣曼進洗手間洗手，胡蝶扯著領子看了肩膀上的瘀青一眼，被撲面而來的藥油味薰得腦袋疼。

她嫌棄的嘖了聲，下床開了病房的窗戶，房間空調溫度本就調得高，被溫熱的海風一吹，屋裡涼氣散得一乾二淨。

蔣曼洗完手出來見她又開著窗不關紗窗，一邊碎碎唸著，一邊走過去關了紗窗，弄完又順手開了屋裡的電視。

電視上正放著榕城接下來一週的天氣預報，都是大好的晴天。

蔣曼戴上眼鏡，拿出之前沒做完的針線活坐在窗臺下。

胡蝶偶然間抬頭，看見母親在燈下的身影，忽然生出一種她並不是住在醫院的病房而是在家裡的錯覺。

她忽然喊道：「媽媽。」

「嗯？」蔣曼頭也不抬地應了聲。

「我……」胡蝶想問照顧她是不是很辛苦，可怎麼也問不出口。

「怎麼了？」

胡蝶笑了下：「我明天想吃扇貝蘑菇粥。」

「妳不是今天才在荊逾家裡吃過嗎？不怕吃膩了啊。」提到荊逾，蔣曼問道：「妳今天去人家家裡，他父母在嗎？」

「不在，他家在B市，父母應該都在那邊。」胡蝶說：「他是暑假過來玩的。」

「這樣啊。」

蔣曼又問了些別的，但胡蝶都答不上來，只是忽然想到什麼，「他好像是游泳運動員。」

「誰啊，荊逾嗎？」

「嗯，聽他同學說的。」胡蝶拿過一旁的iPad，點開瀏覽器在輸入欄打下邵昀二字。

維基百科有邵昀的資料，一九九七年一月六日出生，目前就讀於B市體育大學運動訓練系，是國家游泳隊的隊員。

胡蝶往下滑了滑，在和「邵昀游泳」的相關游泳運動員推薦欄看見荊逾的照片。

是一張他穿著國家隊隊服，身披國旗，對著鏡頭大笑的照片。

畫質有些糊，可遮掩不住少年的朝氣與蓬勃，和胡蝶見到的荊逾像是截然相反的兩個人。

胡蝶點進那張照片，首頁有荊逾的維基百科。

荊逾，一九九七年十一月七日出生於B市，目前就讀於B市體育大學運動訓練系，前國家游泳隊隊員。

二〇一一年在全國游泳大賽中荊逾獲得男子四百公尺自由式和兩百公尺自由式的冠軍，破了當年男子兩百公尺自由式的記錄，也是至今的記錄保持者。

二〇一二年進入國家隊訓練，同年參加世界游泳錦標賽獲得男子四百公尺自由式的冠軍，這也是他的第一枚世錦賽獎牌。

二〇一三年封閉訓練一年，在二〇一四年仁川亞運會上荊逾一舉奪下男子自由式四百公尺和兩百公尺的冠軍，是當年亞運會賽場上唯一的雙冠王。

二〇一五年喀山游泳世錦賽，荊逾榮獲男子四百公尺自由式金牌和八百公尺自由式銀牌。同年九月的全國游泳錦標賽中，荊逾再次斬獲男子四百公尺自由式金牌。

二〇一六年，荊逾因傷退役，游泳生涯落下帷幕。

短短幾行文字，胡蝶看了將近半個多小時，百科裡有很多荊逾過去參加比賽時的影片。

她隨便點開一個。

影片中，男生像是離弦的箭，隨著哨聲響起猛地竄進水裡，手臂擺動的頻率很快，長腿配合著踢出浪花，身形像游魚一般直直朝著泳池的另一邊飛馳而去。

在水中的荊逾，如同海中的鯨魚一般，彷彿天生就為水而生，浪花也在為他喝彩。

在他指尖碰到終點邊緣的瞬間，場上立即爆發出歡呼聲，國旗位列大螢幕第一名，後面緊跟著荊逾的名字和成績。

和場上熱烈的氣氛一樣，還在泳池中的荊逾也露出了笑容，他摘下泳帽和蛙鏡，從水中一躍而上。

少年人挺拔修長的身影完全的露在鏡頭前。

他渾身濕淋淋的，像是沾了水的美玉，在場館亮眼的聚光燈下如同發著光一樣的存在。

影片畫質高清，胡蝶放大螢幕，男生右手臂上乾乾淨淨的，什麼都沒有。

她看了比賽的時間一眼，是二〇一五年的。那個時候，他風頭正盛，正是意氣風發的時候。

胡蝶看著影片最後對著鏡頭舉起獎牌，笑得肆意輕狂的少年。

她忽然生出了幾分同病相憐的感覺。

荊逾比賽的影片多如牛毛，胡蝶看了一個晚上，連什麼時候睡著的都不知道。第二天做完常規檢查，被限制出門的她又躺在床上繼續看剩下的影片。

胡遠衡送了中午的湯過來，見女兒盯著螢幕看得起勁，湊過來看了一眼：「妳什麼時候對游泳感興趣了？」

胡蝶是個旱鴨子，成天在冰上跑得歡樂，往水裡一放就縮了。

「不能吃豬肉還不能讓我看看豬跑嗎？」胡蝶點了暫停，看著胡遠衡從包裡往外拿東西，「今天有什麼好吃的？」

「妳不是想喝扇貝蘑菇粥，熬了點給妳，炒了幾個小菜。」胡遠衡把粥和小碗都擺到桌上：「妳媽媽呢？」

「在周醫生辦公室呢。」胡蝶下床走到桌旁，手也沒洗，直接拿了一小塊醃漬的脆蘿蔔丟進嘴裡，嚼得嘎吱嘎吱直響。

「欸！」胡遠衡往她手背上拍了一下：「洗了手再吃，我去找妳媽媽。」

她懶懶應著：「好……」

胡遠衡出了門，胡蝶坐到桌旁，聞著淡淡粥香，卻沒多少食欲。

每次周醫生找完蔣曼和胡遠衡之後，胡蝶都能明顯感覺到他們的情緒波動，大概這次也算不上什麼好消息。

她低低嘆了聲氣，剛拿起湯勺就聽見手機響了一下，是訊息提醒。

胡蝶起身走過去拔掉充電線，拿著手機回到桌旁坐下，點開訊息。

荊逾：『在醫院嗎？』

「嗯？」胡蝶愣了一下，回了一個字過去。

胡蝶：『在。』

荊逾：『妳一直住在醫院？』

胡蝶：『差不多吧，怎麼了？你有什麼要幫忙的嗎？』

荊逾：『沒有，是莫海爸媽知道他昨天不小心砸傷妳，托我帶莫海過來跟妳道歉。』

胡蝶：『啊。』

胡蝶：『不用麻煩啦，我真的沒事！』

胡蝶傳完，隨即想到什麼，往上翻了翻兩人的聊天記錄，看到當初她非要跟荊逾道謝，他拒絕的情形時，忍不住笑出聲。

手機又嗡嗡響了兩下。

荊逾：『嗯。』

荊逾：『知道了。』

胡蝶：「……」

都不客氣一下的嗎？

胡蝶長「唉」了聲，見荊逾沒再說什麼，便也沒回訊息，畢竟她是真的沒想過要讓莫海來跟她道歉。

她看著影片吃著午飯，吃到一半，胡遠衡推門走了進來。

胡蝶往他身後看了一眼，問：「媽媽呢？」

「去繳錢了。」胡遠衡的神色看起來不大好，只是在女兒面前強撐著笑容，「好吃嗎？」

「還行吧。」胡蝶裝作什麼都不知道，抱怨道：「扇貝肉太少了。」

「扇貝怎麼說也是海鮮，雖然補，但吃多了也不好。」胡遠衡走到窗前，看見擺在窗臺旁的椰子殼：「這怎麼還留著呢？」

「我留著當花盆，過幾天我去買些多肉植物回來養。」

胡遠衡說：「妳也不怕這殼腐了。」

胡蝶一噎：「我忘了。」

胡遠衡笑了笑：「行了，想養回頭我去市場買現成的給妳。」

吃完午飯，胡蝶照例睡了下午覺，大概是昨晚沒睡好，她這一覺直接睡到了下午。醒來時太陽還沒落山，蔣曼坐在床邊，什麼也沒做，只是很溫柔地看著她：「睡好了？」

胡蝶「嗯」了聲，「幾點了？」

「快五點了，妳平時睡一兩小時就醒，今天怎麼睡這麼久？」蔣曼替她掖了掖被子：「最近是不是不舒服？」

「沒有，是昨晚沒睡好，我沒事。」胡蝶看著母親：「媽媽。」

「嗯？」

她又喊了一聲：「媽媽。」

「幹嘛啊？」蔣曼摸了摸她的額頭：「今天不出去看日落了？」

「妳不是不讓我出去嗎？」胡蝶眨眨眼：「我這兩天都不出去了，妳多陪陪我唄。」

「媽媽不是每天都在醫院陪妳嗎？倒是妳，一天到晚愛往外跑，攔都攔不住。」

胡蝶笑著，沒說話。

蔣曼站起身：「好了，起來醒醒神，睡那麼多，晚上該睡不著了。」

「我再躺一下就起來。」胡蝶墊高了枕頭，躺在床上玩手機。

過了一下子，蔣曼推門進來：「妳爸打電話說家裡水管裂了，來不了醫院，我回去拿晚飯給妳，妳別出去了啊。」

「哦。」

胡蝶家就在醫院後面的社區，過個馬路的距離，平時一日三餐都是胡遠衡在家裡做好了送過來。

蔣曼走了沒多久，胡蝶又收到荊逾的訊息。

他竟也學她先斬後奏那一套，到了醫院才問她在不在病房。胡蝶終於體會到荊逾那時的心情，也不好拒絕，便把病房號傳了過去。

胡蝶：『A區305。』

醫院門口，荊逾看著手機裡的回覆，回頭跟莫海說：「走了。」

莫海應了聲，抱著一個超大的水果籃跟了過去。

住院部在南邊，分好幾個區，A區是腫瘤科，四年前荊逾母親患病，也在這裡短暫住過一段時間。

等電梯時，荊逾看著牆上貼著的關於腫瘤的介紹，忽然想起昨晚看到的那篇報導。

文中提到胡蝶的病是非何杰金氏淋巴瘤，於二〇一六年冬天確診，但文中並未詳提，餘下著墨更多的是她曾經獲得過的耀眼成績。

十一歲跟隨母親前往美國洛杉磯訓練，十四歲在俄羅斯參加ＩＳＵ花式滑冰大賽，一路披荊斬棘，最終在Ｂ市舉行的決賽中獲得金牌，後進入國家花式滑冰隊訓練。

十五歲獲得四大洲花式滑冰錦標賽冠軍。

十六歲在全國花式滑冰大獎賽中以女單短曲和自由滑項目雙冠的成績贏得金牌。

十七歲在全國花式滑冰冠軍賽上，以短曲七十點八四分、自由滑一百四十三點九三分，總成績兩百一十四點七七分獲得女子單人滑項目冠軍，該場比賽同時也是胡蝶個人運動生涯中總成績得分最高的一次。

荊逾記得編者並未用很遺憾的文字去書寫她的隕落，可只要看到這篇報導的人，瞭解到她曾經獲得過的輝煌，都會覺得她的隕落是一場憾事。

他和她，在某種程度上，是有些相似的。

思緒間，電梯已經抵達一樓，荊逾正準備拉著莫海往旁邊讓讓，電梯門一開，裡面卻只有胡蝶一人。

她及時按住開門鍵，朝兩人笑了下：「下午好。」

荊逾「嗯」了聲：「妳怎麼下來了？」

「怕你們找不到位置啊，正好我也在病房裡待得悶，出來透透氣。」胡蝶等他們進來，按了三樓。

她看著莫海抱在懷裡的水果籃，轉頭問荊逾：「給我的嗎？」

荊逾點點頭：「也不知道妳喜歡吃什麼，就隨便挑了點。」

「破費了。」胡蝶又看向他手裡的保溫桶，指了指說：「這也是給我的？」

「嗯，扇貝蘑菇粥。」

「……」

荊逾看出她的異樣，問道：「怎麼了？」

「我中午才吃扇貝蘑菇粥。」胡蝶嘆了聲氣：「我爸知道我想吃這個，中午熬了一大鍋，我想晚上沒你這頓，他做給我的也還是這個。」

「那……不然我熬別的粥給妳？」

胡蝶哭喪著臉：「我們就不能跳出粥這個選項嗎？」

荊逾淡淡笑了下：「行。」

胡蝶住的是套房，蔣曼不在，她剛剛簡單收拾一下客廳，「隨便坐吧，我爸媽回家拿東西了，應該要晚點才能過來，你們喝水還是什麼？不過我這裡也沒別的，只有牛奶。」

荊逾：「水就行了。」

胡蝶倒了杯水給他，又從小冰箱裡拿了一瓶牛奶給莫海，坐在一旁跟他們兩大眼看小眼看了幾秒，問道：「邵昀呢？他今天怎麼沒跟你們一起？」

荊逾看了她一眼，又挪開視線，「今天有同學過來，他去車站接他們了。」

「是你們的大學同學嗎？」

荊逾點點了頭，「他們來玩，」他話還沒說完，莫海在一旁搶話道：「我們明天要開船出去玩！」

胡蝶看著荊逾：「出海嗎？」

「嗯。」

「真好啊。」

她又是那種帶著羨慕又遺憾的語氣。

荊逾聽在耳裡，心裡像是被不輕不重地抓了一下，他伸手端起桌上的水杯，指腹在杯壁搓了兩下，忽然道：「妳來嗎？」

胡蝶的眼眸倏地亮了一下：「我能去嗎？」

「妳能來嗎？」荊逾看著她，也這麼問了。

胡蝶知道他在擔心什麼，笑道：「我當然能啊。」

他喝了一口水，唇瓣被浸得水潤，「那來吧。」

第八章　哥哥

難得的遠遊機會讓胡蝶整夜都很激動，第二天還不到七點，她就已經收拾妥當，坐在窗臺前等著荊逾的訊息。

「晚上能回來吧？」蔣曼把藥和一件薄外套一起放進她的小包裡，又裝了一小瓶純淨水，拎在手上試了試重量。

「能，應該下午就回來了。」胡蝶想傳訊息給荊逾，但又不想顯得那麼急切，好像在催他一樣，便不停往下滑更新看看有沒有新訊息。

「藥都幫妳分裝好了，時間到了記得吃，不要玩起來什麼都忘了。」蔣曼把包放到她面前的小桌上：「知道了嗎？」

「知道啦，妳放心好了，我設了鬧鐘會提醒我吃藥的。」胡蝶起身挽著蔣曼的手臂：「我只是出去玩一天，不會亂跑的，什麼該吃什麼不該吃，該做什麼不該做什麼，我心裡都有數。」

蔣曼嘆了聲氣，沒說什麼，但其實還是很擔心，畢竟自從住院以來，她頂多在醫院附近轉轉，還沒跑這麼遠過。可蔣曼一想到她昨晚那麼高興的樣子，就說不出阻攔的話。她說：「過來先把早餐吃了，這麼早人家大概還沒起，只有妳傻傻的，起這麼早。」

胡蝶立刻站直身體，朝蔣曼敬了個禮：「遵命！」

早餐吃到一半，胡蝶才收到荊逾的訊息，他們果然剛起床，問她要不要過來喝粥。

胡蝶放下手裡的包子，對著桌上的殘羹拍了張照片傳過去。

胡蝶：『我已經在吃了，你們快吃好了跟我說，我去找你。』

荊逾：『行。』

怕耽誤行程，胡蝶加快吃飯的速度，吃完又在病房裡等了半個多小時，才收到荊逾傳來的第二則訊息。

荊逾：『來吧。』

胡蝶：『馬上！』

胡蝶拎上小包，跟蔣曼打了聲招呼便興沖沖往樓下跑，快到醫院門口時看見站在門外的荊逾。

他穿著送她椰子那天的那套衣服，只是腳上換了雙黑白配色的帆布鞋，一頂白色棒球帽遮住小半張臉。

晨光清透，穿過滿城的榕樹稀稀落落灑著光，他就站在光的縫隙間，長身玉立，似是比枝幹還要挺拔。

胡蝶停住腳步，緩了緩呼吸，在離他兩三公尺的時候，他忽地抬眸看了過來：「早。」

「早。」胡蝶笑著走近：「你怎麼過來了？」

「怕妳找不到路。」

她再次重申：「我又不是小孩子。」

荊逾不在乎她的反駁，自顧說道：「走吧，他們在那邊等我們。」

胡蝶只能跟上：「你有跟你同學說要帶一個，」胡蝶一時沒想好該怎麼形容她跟荊逾之間的關係。

朋友？好像也算不上吧……

荊逾好似看出她的顧慮，「嗯」了聲道：「說了。」

「你怎麼說的？」胡蝶想聽聽他是怎麼介紹自己跟他的關係。

「我說要帶一個小朋友。」荊逾看著她：「他們以為是跟莫海一樣大的小孩。」

「……」胡蝶停住腳步，抬手比劃一下自己的身高：「平心而論，你見過快一百七十公分的小朋友嗎？」

「妳有快一百七十公分？」荊逾眼神質疑。

胡蝶咬牙：「不像嗎？」

「嗯。」荊逾認可般點了點頭：「確實不像。」

胡蝶努力讓自己冷靜：「你多高？」

「一八九。」荊逾說完還停頓了下，像是炫耀一樣，淡淡說道：「不過這是一年前——」

他話說了一半，被突然靠近的胡蝶打斷。

原先兩人之間還空著一個人的距離，這時卻近得好似連彼此的呼吸都能感受到。

荊逾整個人僵在原地，放在口袋裡的手慢慢攥了起來，夏日的風灼熱，撩得他也跟著發熱。

胡蝶並未察覺到什麼不對勁，站好後拍拍他的手臂：「你站直。」

荊逾盯著女生髮繩上的花紋看了幾秒後慢慢側過頭，站直了身體。

風裡有很淡的橙花香味，似是近在咫尺又好像遠在天邊，只是被風捎了過來。

胡蝶也跟著站好，抬起頭，視線裡是男生鋒利分明的喉結，他側著頭，頸側旁有一顆淡色小痣。

她有些後知後覺的臉紅耳熱，卻也有著趕鴨子上架般的膽大，自顧自比完身高，微抬起頭說：「也只比你矮一個頭，你腦袋有三十公分長嗎？」

荊逾冷不防笑了聲：「我的臉是鞋拔子嗎？」

他轉過視線，看著站在面前的女生。

她今天換了中規中矩的髮色，綁著兩股鬆散的麻花辮，額前和臉側垂著幾縷碎髮，襯得臉很小。

穿得也很清涼，檸檬黃格子細肩帶上衣，淺藍色牛仔闊腿褲，腳上踩著一雙白色平底板鞋。

日光下，荊逾隱約能看見她臉上細小柔軟的絨毛，他和她隔著不遠的距離對視。

她眼睛很亮，看著他時認真又執著。

荊逾忽然慶幸有帽檐遮掩，多直白的目光任誰也看不見，他在心跳變快的下一秒挪開視線，抬手摘下帽子扣在她腦袋上：「走了。」

「哎！」胡蝶整理好帽子的尺寸，重新戴好才跟過去：「我本來準備拿帽子的，走的時候太著急忘記拿了。」

「嗯，現在不是有了嗎。」

「那你戴什麼？」

「帶妳過去。」

「……」胡蝶說：「你應該有一百九了吧，我前段時間才量過，一六九點七，四捨五入就一百七了。」

荊逾拍了拍手：「真高啊。」

胡蝶長吐了口氣，沒再跟他爭論下去。

兩人到會合地點時，荊逾的幾個同學也過來了，三個男生都是他游泳隊裡的隊友。

荊逾一個個介紹道：「胡文廣、李致、方加一。」

另外還有兩個女生，他又道：「李致的女朋友，姜琳琳。」還剩下一個自己主動介紹道：「我是方加一女朋友，周漣漪。」

胡蝶點頭回應，「你們好，我是胡蝶，古月胡。」

「妳好妳好。」胡文廣笑著道：「那我們是同宗啊。」

「說不定呢。」胡蝶也笑了下。

方加一道：「你不是說小朋友嗎？」他看著胡蝶，怎麼都不覺得跟「小朋友」三個字有關係。

荊逾：「十七歲，還沒成年呢，不算小朋友嗎？」

「說不過你。」方加一道：「差不多該出發了。」

「走吧。」

一行人往海邊走。

荊逾遞了瓶擰開過的純淨水遞給胡蝶，順勢從她手裡把小包接了過去：「帶了什麼？」

「藥、外套還有一瓶水。」胡蝶喝了一小口水，又擰上蓋子朝荊逾伸出手，示意他把包還給自己。

荊逾故作不懂：「做什麼？」

「包給我呀。」

「怎麼，我不能拿嗎？」

胡蝶嘆氣：「我跟你說話好累，你要拿就拿吧。」

「妳的藥大概什麼時候吃？」

「兩點之前吃了就可以。」胡蝶問：「我們下午能回去嗎？我沒帶晚上的藥。」

「能，傍晚就能回。」

「我們去哪玩啊，就去海上嗎？」

「先坐船去島上，他們要去廟裡敬香。」

這片之所以被稱作潭島是因為在離岸邊五六百公尺遠的海面上有一座小島，島上有一座百年古寺——潭海寺。

百年前這座寺廟還存在於陸地上，後來經地殼板塊運動，潭島四周的低海拔地區全被海水覆蓋，而潭海寺因海拔高，倖存於此，只是很長一段時間都是一座無人祭拜的空寺。直到明清時期，地方官員派兵對潭海寺進行維修，還引渡了一批僧人過去。後來幾經發展，潭島成為榕城最著名的景點之一，而潭海寺也因供奉的香火旺盛，逐漸聞名於世。

胡蝶對潭海寺並不陌生，以往十幾年，每逢年初，他們一家三口都會來廟裡敬香許願，到了年末再一起回來還願。

只是自從她生病之後，蔣曼便沒再帶她來過這裡。

胡蝶笑了聲：「那你記得提醒他們，如果只是敬香就沒事，但要是許了願，到了年末是要回來還願的。」

「什麼還願？」邵昀耳尖聽到幾個字，回頭問了句。

「你們不是要去山上敬香許願嗎？要是對佛祖許下的願望實現了，一定要記得回來還願。」

「還有這麼一說啊。」邵昀摳摳耳朵：「那我只上個香，不許願呢？」

「那就隨便啊。」

「你們幾個聽到沒？」邵昀朝前喊了聲：「大家一起許個拿奧運冠軍的願望，到時候再一起回來還願啊。」

姜琳琳笑了聲：「也就你敢說這大話。」

「欸，妳別這麼說，妳沒這個信心。」

「你以為誰都像你啊。」

聽到這裡，胡蝶碰了碰荊逾的手臂，問：「姜琳琳和周漣漪也是你們游泳隊的嗎？」

荊逾搖了搖頭：「不是，她們是跳水隊的。」

「難怪，看個子不太像。」跳水運動員的身高通常都在一百六左右，胡蝶比她們高出小半個頭。

荊逾往她帽檐上拍了下：「妳怎麼就盯著人家身高看？」

「我還能盯著哪看，我又不是男生。」

「嗯？」荊逾笑了：「妳說說男生都看什麼？」

「還能看什麼？」胡蝶說：「臉、腿……胸。」

「妳是不是把男生想得太膚淺了。」

「那我問你，你看到女生，先看什麼地方？」

「我通常不看女生，我又不是變態，盯著女生看做什麼。」

「……」胡蝶攥緊拳頭。

荊逾識相的往旁邊挪了兩步。

到了租遊艇的地方，荊逾事先跟工作人員聯絡過，駕駛員已經坐在駕駛艙等他們了。

他還要去辦公室簽一下免責協議和交錢，把包還給胡蝶，又叮囑邵昀：「看著她和莫海。」

胡蝶已經習慣他把自己當小孩看，也懶得再反駁，道了句：「知道了，荊逾哥哥。」

荊逾差點被地上的繩子絆倒：「好好說話。」

胡蝶少有的扳回一城，笑咪咪走過去準備上船。

本來姜琳琳和周漣漪還想來扶這個妹妹一把，誰想到她直接長腿一跨，格外輕鬆地登了上來。

她們的手還尷尬的遞著，胡蝶站穩後，左右手伸過去握住她們的手，甜甜的道了一句：「謝謝姐姐們。」

說完她又問：「叫姐姐應該沒錯吧？」

姜琳琳笑了聲：「我們跟荊逾是同歲，妳叫他哥哥，叫我們姐姐當然沒錯。」

「那就好。」

胡蝶人美聲甜，除了個子不太像妹妹之外，其他時候大家都習慣性把她和莫海放一起。幾人聊了下天，等到莉逾上來便出發了。

遊艇速度比遊輪快，幾百公尺的距離，胡蝶還沒緩過神，遊艇已經靠岸了，駕駛員從駕駛艙走出來：「你們下去玩，我就在這附近，要走了提前打電話給我，有什麼不知道不認識的地方也可以打電話。」

「好，謝謝大哥。」莉逾從邵昀那要了根菸遞給駕駛員：「今天麻煩大哥了。」

「客氣，你們去玩吧，要去敬香的話記得不要在山腳下買香，廟裡師傅會給香。」

「知道了。」

此時正值暑假，島上遊客很多，莉逾交代完莫海不要亂走，又看向胡蝶，她舉起手：「我發誓，不會亂跑，會乖乖跟著哥哥姐姐們。」

莉逾走過去，幫她把小拇指和大拇指按在手心裡，一本正經道：「發假誓，小心遭天打雷劈。」

姜琳琳在一旁笑道：「莉逾，有你這麼當哥哥的嗎？」

他們以為胡蝶真的是莉逾的哪個親戚妹妹，看到他這麼亂說，都替胡蝶抱不平。

莉逾嘆了聲氣：「妳真厲害啊。」

「什麼？」

「就這麼一下子的功夫，都把我的朋友變成妳的幫手了。」

「肯定是因為我可愛啊。」胡蝶看他輕挑了下眉毛，板著臉問道：「我不可愛嗎？荊逾哥哥。」

荊逾卻不說話，盯著她看了起來。

這次他沒戴帽子，目光直白又認真，胡蝶還沒被人這麼盯著看過，慢慢地有些臉熱，目光也開始躲閃。

他忽地笑了下，屈指將她的帽檐往下刮了下，擋住她的視線，才淡淡說道：「可愛。」

第九章　神佛

潭海寺歷經百年，香火鼎盛，來往的香客絡繹不絕，但上山敬香的路沒想像中那麼容易。

潭島原本就是由一座山演化而成的島嶼，寺廟建在島上海拔最高的地方，往寺廟要走九千九百八十一級臺階，過八道彎，寓意人生八苦：生苦、老苦、病苦、死苦、愛別離苦、怨憎會苦、求不得苦、五陰熾盛苦，最終都會化在這九千多級的臺階中。

生苦按照山腳往上算，排在最末，來的人不管求什麼，唯有求生是最難的，但從寺廟出來，它便排在首位，即為人生來就是吃苦的，無生即無死，更無其餘六苦的存在。

上山的路蜿蜒曲折，沒有車也沒有纜車直達，想要登頂只能靠腳力往上走。

一行人除了胡蝶和莫海，全都是運動員，走起臺階如履平地，為了照顧她跟莫海，大家的速度都不是很快。

過了三苦，胡蝶有些體力不支，步伐變得更慢，荊逾從包裡翻出她的水遞過去：「喝一點。」

胡蝶停下來喝了兩口，緩了緩說：「我不上去了，我本來就沒打算進去敬香，我就在這涼亭等你們吧。」

「行。」荊逾把純淨水瓶的蓋子遞給她：「妳跟莫海先進去坐著，我打個電話給他們。」

胡蝶等坐到涼亭裡才意識到荊逾話裡的意思是他也不準備上去，等他打完電話回來，問了句：「你不去敬香嗎？」

荊逾在她身旁的空位坐下：「我不信這些。」

苦至深處，求神問佛也無用。

荊逾是苦過來的人，他從很早就知道求佛問生，只不過是向佛祖討一個安慰罷了。

胡蝶聽罷，立刻連著呸了三聲，煞有其事般說道：「還在祂的地盤呢，你不要亂說話。」

呸完，她還往旁邊的木柱上拍了三下，嘴裡唸著：「童言無忌童言無忌。」

荊逾抱臂往後靠著圍欄，長腿微屈，閉著眼嘀咕了聲：「人小鬼大。」

潭島四面靠海，山裡綠意蔥翠，氣溫比岸上要低上幾度，胡蝶坐了一下，忍不住打了個噴嚏。

荊逾側眸看過去，「冷了？」

「風吹的。」胡蝶揉揉鼻子，從包裡翻出外套穿上，「山裡好涼快啊。」

荊逾「嗯」了聲，說：「我去下洗手間。」

「好。」胡蝶看著他朝蹲在不遠處的莫海走了過去，大概是問他要不要一起去，莫海搖搖頭，蹲在地上沒動。

洗手間在第二個彎的位置，荊逾的身影走了沒幾步就看不到了，胡蝶收回視線，喊了聲：「莫海。」

他抬頭看了過來。

胡蝶問：「你要不要喝水？」

「不要。」他繼續拿枯樹枝在地上畫出一道道淺溝，看螞蟻在其中一上一下爬動著。

上山的人很多，有步行說笑的年輕人，也有身著襤褸的中年人神情虔誠，一步一叩首往山頂走去。

胡蝶看了一陣子，默默挪開視線。

靜靜吹了下風，山上忽地傳來陣陣說話聲，胡蝶側頭看了一眼，是一群頭戴「XX旅行團」帽子的老年人，大概是跟團來山上敬香的。

他們步速不快，只是人多，人聲嘈雜，走了好幾分鐘人聲才遠去。

胡蝶摸出手機傳訊息給蔣曼，餘光裡注意到什麼，但一時沒反應過來，打了幾個字猛地抬起頭。

莫海之前蹲著的地方，現在卻空無一人，只剩下他剛剛拿在手裡的樹枝躺在地上。

她心裡一慌，顧不上再跟蔣曼說什麼，起身從涼亭走出去，看著四周人來人往，大喊了聲：「莫海！」

無人回應。

胡蝶往下走了幾步，山前山後都是陌生面孔。

「莫海！」

她一時著急沒注意腳下，一下踩空從臺階上摔了下去，好在底下有個平臺兜了一下，人才沒順著滾下去。

一旁的路人阿姨連忙衝了過來，扶著她站好後輕斥道：「小妹妹走路看路啊，這裡都是臺階，要是摔下去可不得了哦。」

胡蝶道了聲謝，在阿姨的叮囑聲裡掏出手機打電話給荊逾。

荊逾接的很快，只是訊號不太好，說話斷斷續續，胡蝶過了一下子才聽清楚他的聲音：『剛剛訊號不太好，怎麼了？』

胡蝶又驚又怕，聲音隱隱有些發抖：「荊逾，莫海不見了，對不起，我只是低頭傳個訊息，他就不見了……」

『不見了？妳先別著急，我現在回來了，妳在涼亭等著別亂跑，我打個電話給邵昀，讓他從山上往下找。』荊逾安慰道：『上山下山只有這一條路，他不會不見的，妳別著急。』

「好……」

掛了電話，胡蝶站在原地往山上山下都看了看，只是臺階彎彎繞繞，視線有限能看到的範圍不大。

她拍掉帽子上的灰塵，整理好頭髮後重新戴上去，慢吞吞走回涼亭。

等了沒幾分鐘，胡蝶看見荊逾從山上跑了上來，她剛站起來，便看見跟在他身後垂著頭的莫海，一直緊繃著的神經在此刻突然鬆了下來，鼻子猝不及防跟著一酸，怕眼淚掉出來，她抬手使勁揉了兩下。

荊逾三步併作兩步很快走了過來，看她眼睛紅紅，放緩了聲音：「他剛剛看見人家帽子掉了，只顧著去還帽子忘了跟妳說，抱歉，讓妳跟著擔心了。」

胡蝶吸了吸鼻子：「沒事就好。」

一旁站著的莫海默默走了過來，大概是回來的路上被荊逾教訓過，他的聲音帶著哭腔：「姐姐對不起，我以後不會不跟妳說就亂跑了。」

胡蝶看他這樣又覺得怪招人心疼的，抬手揉揉他的腦袋，安慰道：「好了，沒事的，姐姐沒有怪你，只是擔心你出事。」

莫海點點頭，「知道了。」

「行了。」荊逾拍拍他肩膀：「去玩吧。」

「哦。」莫海的情緒來得快去得也快，見荊逾鬆了口，便又興沖沖跑過去看螞蟻走路。

荊逾看了他一下，轉過頭對胡蝶說：「其實他以前很聰明的，遇到意外才變成這樣。」

「那好遺憾啊。」胡蝶輕輕嘆了口氣。

「但對他來說，可能現在這樣才是最快樂的。」荊逾看她情緒不好，抬手隔著帽子揉了揉她的腦袋。

胡蝶「唉」了聲，伸手護住腦袋：「你別弄亂我的頭髮。」

荊逾眼尖，瞥見她手心裡的擦痕，忽然問：「手怎麼了？」

胡蝶頓了下，默默攥起手：「沒怎麼。」

荊逾懶得廢話，伸手抓住她的手腕，在她掌心看到幾道不同程度的擦傷，眉間一蹙：

「怎麼弄的？」

「不小心摔的……」胡蝶把手收了回來：「我都用水洗乾淨了，沒事的。」

「怎麼摔的？」

「就是走路不小心，然後摔了。」

荊逾看著她，目光審視：「只弄傷了手？」

胡蝶被他看得心虛，忍不住咬了下唇角，很小聲的坦白道：「還有膝蓋……」

荊逾嘆了聲氣，「走吧。」

「去哪？」

「先帶妳下山。」荊逾起身將兩人的東西收拾好，朝外面喊了聲：「莫海。」

等著人走近，他把胡蝶的小包和自己的背包都遞給莫海：「背著。」

莫海：「哦。」

胡蝶看荊逾這麼支使莫海，有點看不過去：「你怎麼又欺負小孩啊？」

荊逾看了她一眼，沒作聲，只是忽然在她面前半蹲了下去，右膝微曲，手臂搭在上面，頭也不回地說：「上來。」

胡蝶結巴了下：「幹、幹嘛？」

荊逾樂了：「我還能幹嘛？」

他回頭看了愣在原地的女生一眼：「上來，我背妳下去。」

「我不用背啊……」

「那抱？」荊逾起身站了起來。

「……」胡蝶抿唇：「背吧。」

荊逾又蹲了下去，胡蝶小心翼翼靠過去，他伸手勾住她的膝蓋，站起身的瞬間，胡蝶伸手摟住他的脖子。

他身形倏地一僵。

胡蝶又鬆開手，「我是不是勒著你了？」

「沒。」他稍微調整一下兩人的姿勢，手抓著自己的T恤，「走了，別亂動啊。」

「哦。」胡蝶起初還刻意向後微仰著，將兩人之間的距離稍稍拉開些，後來覺得太累，也顧不上那麼多，索性整個人趴在他背上：「荊逾哥哥。」

他的腳步有不明顯的停頓，「怎麼？」

「我應該不重吧？」

「嗯。」

「唉。」她嘆了一聲氣。

荊逾看著腳下的路，問：「又怎麼了？」

「突然想我爸爸了，我小時候他就是這麼背我下山的。」

「……」荊逾也嘆了聲氣：「安靜一下吧。」

胡蝶噗嗤笑了聲，枕著他的肩膀，心裡莫名覺得溫暖和踏實，後來竟不知不覺間睡了過去。

他們本身就沒往山上走多遠，只是背著人，荊逾不敢走得太快，到山下是大半個小時後的事情。

他叫醒胡蝶，帶著人去了附近的診所。

胡蝶摔得不輕，兩隻膝蓋都有不同程度的瘀青，只是好在沒破皮，醫生揉了點藥油，「這兩天少走動，其他沒什麼大問題。」

胡蝶倒吸著氣：「謝謝醫生。」

「沒事。」醫生處理好，抽了張紙巾擦手，「行了，今天就讓妳男朋友背著妳吧。」

「啊？」胡蝶一愣，下意識看向站在一旁的荊逾，還沒來得及否認，荊逾已經朝她走了過來。

他像是什麼都沒聽見一樣，蹲在地上替她把褲管放下去，然後轉過身背朝著她說：「走了。」

胡蝶還愣著，醫生提醒道：「藥拿著。」

「啊，哦。」她伸手抓起桌上的藥袋，手忙腳亂重新回到他背上，手摟住他脖子的時候，隱約聽見他好像笑了一聲。

胡蝶問：「你笑什麼？」

荊逾否認：「我什麼時候笑了。」

「就剛剛。」

「我笑什麼？」

「我怎麼知道你笑什麼。」

「那妳怎麼知道我笑了。」

「我聽見了啊。」

「可我沒笑啊。」

「……」

荊逾有沒有笑沒人知道，倒是醫生聽著兩人的對話，忍不住笑了聲：「年輕真好唷。」

胡蝶臉一熱，不再跟他爭論。

荊逾真笑了，「走了，邵昀他們等等也該下來了，我們先去找個餐廳等他們。」

胡蝶嘟囔著：「隨便你。」

潭島上能吃飯的地方很多，荊逾在網路上找了一家評分最高的店，帶著胡蝶和莫海先過去等位。

差不多快十二點，他們上山敬香組才到餐廳。

周漣漪看胡蝶手上擦著藥，驚道：「小蝴蝶怎麼了？」

「走路不小心摔了一跤。」胡蝶把手挪到桌下，笑笑道：「都處理好了，沒什麼大事。」

「沒事就好，以後走路小心點啊。」

「嗯，我會的。」

幾人聊了下天，等著服務生陸續把菜上齊才開始動筷，吃完飯，他們又在店裡坐了一下。荊逾起身去結帳，胡蝶問離自己最近的姜琳琳：「琳姐姐，你們下午有什麼安排呀？」

「我們準備去浮潛。」姜琳琳笑問：「妳玩過嗎？」

胡蝶搖頭：「我是旱鴨子，不會游泳，而且我覺得我可能有深海恐懼症，不敢下海太深。」

「哈哈哈，我們也不會潛得很深，就是覺得難得來一次海濱城市，不在海裡玩個盡心太虧了。」

「那你們注意安全。」

「放心好了，我們有專業人士陪同的。」周漣漪指著李致和方加一說：「他們都有專業潛水執照的。」

胡蝶驚道：「好厲害。」

「妳別吹捧他們，小心他們驕傲。」

方加一道：「妹妹說的是實話，實話就要多說兩句，妹妹妳誇妳的，我驕傲我的。」

胡蝶哈哈笑了兩聲，荊逾走過來在她面前隨手放了兩顆話梅糖：「笑什麼？」

周漣漪道：「聊天呢。」

他沒在意，傾身從一旁拿過胡蝶的隨身小包，「走了。」

眾人說好，紛紛拿著包起身。

胡蝶拿起桌上兩顆糖，跟著荊逾走在人後，等到門口，她看見吧檯上放著一碟話梅糖。

她朝荊逾看過去，他下一秒也看了過來：「怎麼了？」

「沒事。」胡蝶攥緊手裡的糖，塑膠包裝袋邊緣的鋸齒割在手心，有不明顯的痛意。

荊逾「嗯」了聲，沒再多問。

一行人又回到遊艇上，胡蝶有些飯後頭暈，一上去便進了船艙休息，她躺在沙發上，從小窗能看見他們在外走動的身影。

胡蝶從口袋裡摸出那兩顆話梅糖，想了想，還是沒拆開，一起放進自己的小包裡。

迷迷糊糊睡了一下子，她聽見有人在敲什麼，一睜開眼，隔著小窗的玻璃看見荊逾站在那。

他舉著手機湊在窗前，螢幕上有兩個字。

——吃藥。

快兩點了。

胡蝶說「知道了」，又怕他聽不見，找到手機傳了一句「我知道了」。

下一秒，手機跟著震動一聲。

荊逾：『外面太陽有點大，我包裡有防曬，妳抹一點再出來。』

胡蝶：『好。』

胡蝶從包裡翻出藥盒，她每天要吃很多藥，蔣曼按順序將藥分裝好，她一個個吃完也花了好幾分鐘，光水都喝了大半瓶。

她坐在那緩了一下才伸手去找防曬乳，塗完臉跟脖子，她又擰好蓋子放回去，起身穿外套的時候，眼前忽地一暈，人跟著倒在沙發上。

好在暈眩只是一時的，胡蝶閉著眼不敢動，等著那陣眩暈感過去，揉著太陽穴坐了起來。

她喝了口水，正準備出去，聽見方加一在外面喊了聲：「你他媽這樣有意思嗎！」

那聲音挺大的，聽起來像在生氣。

胡蝶扶著門，站在那沒動，過了一陣子才聽見荊逾的聲音：「有沒有意思我都不想下。」

她正猶豫著要不要出去看看，邵昀從另一邊走了過來，對上她的視線，輕笑了聲：「醒了啊。」

「嗯。」胡蝶走上臺階，跟邵昀走到旁邊坐著，「他們怎麼了？」

「鬧唄，當初荊逾走得著急，也沒什麼交代，他們心裡還氣著呢。」邵昀換了身衣服，海灘褲和花襯衫，腦袋上卡著黑框墨鏡。

遊艇此刻已經遠離潭島，從這個位置看過去，偌大的島嶼只有礁石那般大小。

胡蝶抱著膝蓋，看海浪起伏，「荊逾……他真的退役了嗎？」

「沒啊，只是休學停練，誰說他退役了？」

「維基百科。」胡蝶說：「那天聽你說到游泳的事情，我有些好奇就去搜了一下，不好意思啊。」

「那有什麼，我不也搜了妳——」他頓一下。

「你也知道了。」

「……嗯。」邵昀抬手像哥哥一樣揉了揉她的腦袋：「今天哥也幫妳許了一個願，到時候我們一起來還願。」

胡蝶低頭笑了笑，卻沒應，轉而問道：「荊逾他受了什麼傷才休學停練的？」

維基百科只寫他因傷退役，胡蝶當時也沒去搜相關的新聞。

「車禍。」邵昀往後撐著手臂：「去年清明他回家給他媽掃墓，後來他爸送他回隊裡的時候在市郊被一輛闖紅燈的大貨車撞了。荊叔叔為了護著他，當場就沒了，他肩膀受了傷，在醫院躺了兩個月，出院後交了休學和退隊申請就離開了B市。」

胡蝶看著邵昀，沉默一陣子才找回自己的聲音：「那他是真的不能再游泳了嗎？」

「也許吧，可能是真的，也可能是過不去心裡那道坎。」邵昀嘆了聲氣：「他媽媽去世那年，他在隊裡封閉訓練，連最後一面都沒見到。他覺得自己要是沒來游泳，也許這一切都不會發生。」

「可這些並不是他的錯啊。」

邵昀笑容苦澀：「可他覺得是自己的錯，車禍之後我沒再見過他下水，所以那天聽說他救了妳，我才那麼驚訝。」

胡蝶回想起墜海那天的畫面，一時之間腦袋裡全都是荊逾之前的比賽畫面，還有他在鏡頭前那般意氣風發的笑。

邵昀像是難得能找到一個合格的傾聽者，絮絮叨叨和她說了好多他們以前比賽訓練的事情，直到周漣漪過來叫他才停下來：「呼，今天說了好多，心裡也舒服多了。」

胡蝶笑了笑：「也謝謝你跟我說這些，我會保密的。」

「謝了。」

方加一和荊逾爭吵的結果顯而易見，他沒能說服荊逾跟他們一起下海，黑著臉換好潛水裝備，順著遊艇的扶梯爬下去，一頭鑽進海裡。

「加一，你等等我們啊。」胡文廣喊了聲，也急匆匆整理好裝備，跟其他人打了下手勢：「我跟著他。」

周漣漪道：「好，你先去吧。」

邵昀站在一旁當一名合格的攝影師，替兩位美女拍了好幾組入海前的照片：「好了，妳們再不下去，等等他們氧氣就要用完了。」

「幫我們再拍一張在海裡的照片。」

邵昀比了個ＯＫ的手勢。

荊逾站在二層甲板上，看著他們全入了水，視線往下找了一圈，在遊艇右側的平臺區看見胡蝶的身影。

他走過去時，屈指在她帽檐上彈了一下。

胡蝶抬起頭，眼睛是紅的，像剛哭過，見是他，又匆匆低下頭。

荊逾一愣，半蹲在她面前：「怎麼了？」

「沒事。」

「眼睛都紅成兔子了，還沒事？」荊逾摘掉她腦袋上的帽子：「給妳帽子是讓妳擋太陽，不是讓妳躲著哭的，到底怎麼了？」

「吃藥吃的。」胡蝶眨了下眼睛，眼淚跟著掉了下來：「太苦了。」

荊逾笑了聲：「妳每次吃藥都這麼哭啊，看來以後潭海的海平線上漲，有妳一半功勞。」

「……」胡蝶哽聲：「你會不會聊天？」

荊逾又笑了聲，回船艙拿了濕紙巾，出來見莫海湊在胡蝶面前，走過去勾住他的衣領把人拎了起來：「去找邵昀哥哥玩。」

他把濕紙巾遞給胡蝶。

莫海不願離開，直接大字躺在地上：「我就要在這裡。」

「我就沒見過你這樣的。」荊逾推推他的腿，挪出點位置自己坐了下來，餘光不時往胡蝶那邊瞟。

胡蝶已經沒之前那麼難受了，擦乾淨眼睛，又擦了擦手，「好渴，我去拿水，你要嗎？」

荊逾盯著她看了幾秒，「不用，妳喝吧。」

「哦。」

胡蝶進了船艙很快又出來，這時快三點了，海上的太陽還很大，荊逾等她喝完水，又把帽子扣在她腦袋上：「戴著吧。」

她沒說什麼，只是抬手重新調整一下。

遊艇隨海水起伏，有輕微的晃動感。

胡蝶站起身，看向遠方的海岸，問：「我們什麼時候回去啊？」

「等他們浮潛上來差不多就回去了，怎麼，妳想回去了？」荊逾說罷，準備拿手機打電話。

「沒有，我想在外面多待一下，我從來沒有在海上看過日落呢。」

「那我們今天看完了再回去。」荊逾俯身往前，手臂搭在欄杆上，白T恤被海風吹得鼓起。

靜靜待了一下，胡蝶轉頭朝他看過去：「荊逾。」

「嗯？」

「你是真的不能再游泳了嗎？」

荊逾側眸和她對視，臉上帶著淡淡笑意，沒什麼多餘的神情，「妳會不會聊天？」

「……我童言無忌嘛。」

「現在承認自己是小孩子了？」

胡蝶摸摸鼻子，「本來就是小孩子。」

「能不能有那麼重要嗎？」

「當然重要，你如果不能游泳還去救我……多偉大啊。」

荊逾低哂：「我不能見死不救吧？」

胡蝶認真道：「謝謝你救了我。」

「不用謝。」荊逾保持著那個姿勢，側頭看著她，長久的沉默後，他淡淡開口：「其實那天……妳有想過就那麼算了，對嗎？」

他從小在水裡泡著長大，見過溺水的人為了求生能掙扎到什麼程度，可那天，從她墜海到他入海，不過幾分鐘的時間，她卻沒有絲毫的掙扎，就好像要和沉寂海水融為一體。

胡蝶看著他，他的目光平靜溫和，似乎並不在乎她的回答。她慢慢垂下眼簾，「我……」

「樓下的兩位——」

另一道聲音和她的聲音同時傳出，胡蝶下意識轉頭看過去。

二樓的平臺處，邵昀舉著相機站在那，等著她和荊逾同時看過去的瞬間，他跟著按下快門鍵。

定格的畫面裡，兩人的姿態出奇的一致，女生微仰著頭，哪怕是這個角度，臉依舊顯得很小。

一旁的男生俯身靠在欄杆上，側頭的幅度並不明顯，在按下快門的瞬間他分明看向了鏡頭，可在照片裡，他的目光卻落向身旁的女孩身上。

被風吹得鼓起的T恤衣角輕輕碰著女生的手，像是在試探著想要牽手，卻又因膽怯而停住。

邵昀盯著取景框的照片看了兩秒，放下相機，對著兩人道：「先不給你們看照片了，等回去我洗出來再拿給你們。」

荊逾嘲道：「拍得不好就直說。」

邵昀罵著從樓上衝了下來，把相機放到一旁和荊逾鬧了起來，他不是荊逾的對手，被他從遊艇上掀到海裡。

他泡在海水裡，擼了把濕漉漉的頭髮，朝站在船上的荊逾說道：「下來嗎？」

「不了。」荊逾拍了拍手，沒再提起之前的話題，對著胡蝶說了句：「我去裡面休息。」

胡蝶點點頭，看他走進船艙，又看向還在海裡的邵昀，他的神情有些無奈，卻也在意料之中。

方加一他們在底下潛了半個小時，兩個女生先被送了上來，他們三個又在海裡飄了一下才上船。

離日落還有一陣子，幾人在船上玩起大富翁，等到快六點，九個人才從船艙裡出去。

海上起了風，日暮來襲，一輪圓日懸於海平面之上，整片海域像是被鍍了一層橙黃色的顏料，海水翻湧，浪花彷彿墜落的星光，在暮色中熠熠生輝。

胡蝶看著眼前的景色，忽然感嘆了一句：「好遺憾啊。」

荊逾看著她：「什麼？」

「在海邊看過那麼多次日落，還從來沒看過日出。」

荊逾看向遠方：「下次有機會我帶妳來看。」

「真的嗎？」

荊逾側頭對上她期盼的目光，輕輕「嗯」了聲。

幾人還在欣賞美景，駕駛員從廣播裡說了句：「要回去了，你們站穩點，別掉下去。」說完，遊艇便朝著彼岸緩緩駛去。

到了目的地，胡蝶本來不想讓荊逾再背自己，誰料下船時腳下一滑，差點從船和泊岸邊的縫隙掉下去。

姜琳琳看著她，心有餘悸：「嚇死了，還好荊逾拉住妳了。」

胡蝶也嚇了一跳，被荊逾緊緊攥著的手腕有些疼了也不敢說，只能乖乖被他背了起來。

「對不起嘛，我不是故意的。」她趴在他背上，小聲道歉。

荊逾嘆氣：「遲早被妳嚇死。」

「……」

邵昀帶著方加一他們一行人先回荊逾家，胡蝶不打算去吃飯，荊逾背著她往醫院走。

沿途路過胡蝶之前墜海的地方，她忽然沒頭沒腦的說了一句：「你猜對了。」

荊逾沒應聲，可他們彼此都知道對方的意思。

——她那天是真的想過就那麼死在海裡的。

這大半年從入院到確診，胡蝶從來沒在父母面前露出一點怯懦，她安慰開解他們，努力讓自己看起來不那麼悲觀消極。

蔣曼和胡遠衡每天都在擔心她一覺不醒，從陪護到後來乾脆直接和她睡在同間病房。

有時候她稍微晚些醒來，半夢半醒間會感覺到父母小心翼翼試探她的呼吸。

她沒有辦法，只能學著勇敢和樂觀，可她才十七歲，連生命的三分之一都還未度過，怎麼會不懼怕死亡。

比起在醫院裡惴惴不安等著那一天的到來，每日看著父母為自己擔驚受怕，或許就那麼死去會是她最好的結局。

可那一天，胡蝶卻在海裡遇見了鯨魚。

他救了她。

所以這一次，就讓她來救他。

第十章　神童

從潭島回來的當天晚上，胡蝶突然發起燒，大概是一場出遊透支她太多的精力，低燒的症狀持續了好幾天。她整日躺在病床上，除了吃飯吃藥，其餘時間都在睡覺。

邵昀一行人準備回B市的前一天晚上，他瞞著方加一他們幾個跟荊逾來過醫院一趟，但那時胡蝶正好剛吃完藥睡了，他們只是跟蔣曼聊了幾句，放下帶的東西就走了。

胡蝶直到燒退後，才跟邵昀聯絡上。

午後靜謐，屋內有散不盡的藥味，她躺在床上看邵昀傳來的照片，每張他都稍微修過，唯獨她和荊逾的那張合照他沒動過。

邵：『你們那張角度和光線都很適合我就沒修了，其他的我也只調了下光線，妳看看還有沒有什麼要修的，等回頭我再找個時間去暗房把照片洗出來，寄一份給妳。』

胡蝶滑到合照那張，她仰頭看著鏡頭，神情有些茫然，一旁的男生身形未動，只是側著頭，視線落在她那邊。

大片的沉寂藍色背景裡，好像只有他的目光帶著溫度，哪怕隔著照片，她彷彿也能找回當時錯過的注視。

胡蝶：『不用修啦，我很喜歡，謝謝邵昀哥。』

邵：『好。』

胡蝶：『邵昀哥，你現在方便嗎，我有點事想問問你。』

邵：『方便，怎麼了？』

胡蝶：『那我們打電話聊？』

下一秒，邵昀便撥了語音通話過來，一接通，胡蝶便聽見他那邊湧動的嘩啦水聲。

胡蝶問：「你在訓練嗎？」

邵昀笑了聲：『沒呢，在看影片。』

「哦。」

『妳有什麼事啊？』邵昀點了暫停，背景瞬間安靜下來。

「嗯……」胡蝶猶豫著，慢慢問道：「你之前跟我說荊逾是因為受傷才休學的，那他是傷在什麼地方，是手臂嗎？」

『手臂是輕傷，主要在肩膀，當時車禍發生時他的右肩受到衝擊，肩胛骨粉碎性骨折，外傷縫了二十多針。』

胡蝶拿筆在本子上記下幾個字，又問：「你知道他現在恢復得怎麼樣了嗎？」

『不清楚，他出院之後走得很著急，我們當時又忙著準備比賽，直到今年三月才跟他見了一面，一聊游泳的事情他就跟我急，讓他去做康復訓練也不願意，跟頭倔驢一樣，唉。』

「所以……他現在不願意回去游泳，一方面可能是因為受傷，另一方面就是因為他父母對嗎？」

邵昀：『應該是的。』

「那你覺得是受傷的原因多，還是父母的原因多？」

邵昀沉默了幾秒：『我也說不好，可能一半一半吧。』

胡蝶說好。

邵昀笑了下，問：『妳今天怎麼突然問起這些？』

胡蝶摁了摁筆，說：「我想試試。」

『什麼？』

「試試看能不能拯救這頭擱淺的鯨魚。」

邵昀聽完，有很長一段時間都沒說話，胡蝶聽著他忽遠忽近的呼吸聲，也沒說話。不知道過了多久，他忽然很認真的說了句：『小蝴蝶，謝謝妳。』

胡蝶輕笑：「還不知道能不能成功呢。」

『不管結果怎麼樣，都謝謝妳。』邵昀深吸口氣說：『那妳有沒有什麼需要我幫忙的？』

「還真的有一件事需要你幫忙。」

胡蝶把自己的計畫跟邵昀說了一遍，他聽完又是很長一段時間的沉默，再開口，聲音似乎帶著哽咽：『小蝴蝶，真的謝謝妳。』

他停了幾秒，接著道：『跟妳說個很對不起妳的事情，我知道妳生病之後，其實有想過勸荊逾少跟妳來往。』

他承受不起再一次的生離死別。

「我明白的。」胡蝶說：「你不需要為此感到自責，我的生命註定有限，可荊逾還有無限的可能，我知道從巔峰掉下來是什麼樣的感受，我能理解他，也更明白他其實比任何人都想要重新回到賽場。」

邵昀低低『嗯』了聲，慢慢穩住情緒說：『那祝我們成功。』

胡蝶笑：「好，祝我們成功。」

結束通話，胡蝶看完本子上記下的內容，翻開新的一頁，提筆寫下六個字。

——拯救鯨魚計畫。

胡蝶待在病房過完一整個六月。

海濱城市的夏季漫長而炎熱，步入七月之後，天氣預報的高溫預警一直沒停過。

莫海的生日在七月的第二個星期六，胡蝶受邀去他家裡吃晚飯，到傍晚才帶著禮物出門。

路上碰見過來接她的荊逾跟莫海。

這段時間胡蝶一直沒出過門，荊逾抽空帶著莫海來醫院看過她幾次，後來莫海自己認識路，有事沒事就自己摸過來。

「生日快樂。」胡蝶把買給莫海的超大變形金剛遞給他，甩了甩手說：「還好你們來了，沒想到這東西這麼重。」

「不用買禮物給他的，他玩不了幾天就會把它拆了。」荊逾敲了敲莫海的腦袋：「不知道說謝謝？」

莫海抱著玩具，「我正要謝！」

他對胡蝶鞠了個躬：「謝謝胡蝶姐姐！我很喜歡這個禮物，等妳過生日的時候，我也會送禮物給妳的。」

胡蝶被逗笑：「那姐姐提前謝謝你了。」

三人往海榕街走，荊逾跟胡蝶走在莫海後面，他問：「妳什麼時候生日？」

胡蝶看向他：「怎麼？你也要送我禮物嗎？」

「嗯，不行嗎？」

「當然可以。」胡蝶說：「我跟莫海的生日離得不遠，我是七月二十三，我出生那年這天是大暑，是夏季的最後一個節氣。」

荊逾點點頭：「妳有沒有什麼想要的？」

胡蝶不滿道：「有你這麼送禮物的嗎？」

他輕笑：「好吧，那我自己想。」

「這還差不多。」胡蝶又問：「你生日是十一月七號嗎？」

「是。」荊逾學她：「我出生那天是立冬，冬季的第一個節氣。」

胡蝶敷衍式捧場：「哇，好棒哦。」

荊逾：「……」

莫海家和荊逾家老宅都在海榕街，離得不是很遠，隔著兩條巷子，從莫海家的天臺還能看見老宅那棵老榕樹。

晚飯也是在天臺上吃的，莫海爸媽很好客，從姪子那裡知道胡蝶的事情，沒留她過夜，但非要留她吃了西瓜再走。

西瓜一直冰在小院的井裡，冰冰涼涼的，一口咬下去，充沛甜美的汁水滿溢，夏日暑氣彷彿都消散在這一口裡。

胡蝶不能吃太涼，咬了兩口便拿在手裡等著散涼，回頭望向屋裡有一面奇怪的空白牆壁，就著蹲在地上的姿勢挪到荊逾身旁：「荊逾哥哥。」

他已經習慣她對自己的稱呼，格外自然地應了聲：「嗯？」

「客廳那個牆上之前掛的是什麼啊？」

荊逾回頭望了一眼，說：「莫海以前得的獎狀。」

「那怎麼……」胡蝶意識到什麼，停了下來。

大概是覺得遺憾吧，所以才會收起來。

荊逾沉默了一下才說：「我之前說莫海以前很聰明，其實不僅僅是聰明，妳知道海榕街的街坊鄰居以前都叫他什麼嗎？」

「什麼？」

「神童。」荊逾蹲在廊簷下，看著坐在院門口門檻上擺弄變形金剛的莫海，低聲道：「他出事之前，各種數學比賽、競賽、模擬賽參加了幾十場，從沒輸過。三年前，他帶隊參加一場市級的比賽，因為前一天吃壞肚子，比賽的時候還發著燒，那場比賽後來因為他的失誤只拿了銅牌，其實也挺厲害了，但畢竟還是小孩子，都有不服輸的心態，隊裡幾個小朋友就不認可他這個隊長，他受不了打擊……當天晚上跳海自殺了，幸好當時附近有人看見才救了回來。剛開始的時候，還有街坊開玩笑喊他小神童，誰知道他一聽這幾個字就會失控，後來我姑姑怕他再受刺激，就把家裡跟比賽有關的東西全收了起來，也不允許周圍的人再叫他小神童。」

胡蝶看著莫海的背影，目光裡有不忍也有心疼，嘴裡喃喃道：「為什麼……都是這樣的結局……」

荊逾沒聽清，側頭問：「什麼？」

「沒事，沒什麼。」胡蝶輕嘆了聲氣：「那他還能恢復嗎？」

「很難吧，溺水造成的腦損傷是不可逆的。」荊逾說：「一開始的兩年姑姑他們還帶著他四處求醫問診，但得到的結果都是一樣，可能是不想再失望了，他們就沒再堅持治下去。」

「可能就像你說的吧，現在這樣對他來說或許才是最好的。」胡蝶意有所指道：「但不是所有人的結局都該是這樣。」

莿逾看著她，問：「什麼意思？」

「沒什麼意思啊，我只是隨便說說。」胡蝶看著他的眼睛：「你覺得我是什麼意思？」

「我怎麼知道。」

兩人忽然打起了啞謎。

「你真的不知道嗎？」

「妳不是說沒什麼意思嗎，我還怎麼知道。」莿逾站起身，修長挺拔的身形遮住胡蝶眼前的月亮。

他無意識攥了攥右手，語氣淡淡的：「時間不早了，走吧，送妳回去。」

「等我吃完這個。」她晃了晃手裡的西瓜。

莿逾看她吃得著急，抿了抿嘴，說：「也沒那麼急。」

「是嗎？」胡蝶嘴裡塞滿西瓜：「我聽你的意思，就像是在趕我走。」

「沒有。」

胡蝶咽下西瓜，站起來走到他面前：「那我明天還能來找你玩嗎？」

莿逾垂眸和她對視。

她的眼睛又黑又亮，那麼直勾勾看著他，好像只要他拒絕，下一秒她就能哭出來。

他想到之前在海上她哭紅的雙眼，終究還是捨不得，輕輕嘆了口氣，說：「能。」

第十一章　猛獸

入伏，榕城氣象臺發布紅色高溫預警，滾滾熱浪席捲整座城市，夏日海風黏膩又潮熱。

胡蝶傍晚出門去海榕街，短短幾步路的距離，熱得滿頭大汗。她一口灌下荊逾提前備好的涼白開，走到莫海面前問：「你哥呢？」

「在天臺。」莫海在擺弄胡蝶之前送他的變形金剛，難得他這次大發善心，沒把這東西拆了。

胡蝶抬頭往樓梯口看了眼：「這麼熱的天，他跑去天臺做什麼？」

「不知道。」莫海抬起頭看她：「他不讓我上去，也不讓別人上去。」

「這麼神祕？」胡蝶躍躍欲試：「我去看看。」

莫海拽住她的褲管：「我哥說了，也不讓妳上去。」

胡蝶有些好笑，蹲在莫海跟前：「你哥給了你什麼好處？」

「什麼好處？」

「就是，你攔著我，他給你什麼獎勵？」

莫海想了想，說：「沒有獎勵啊。」

「那你這麼聽他的話幹嘛？」胡蝶說：「你讓姐姐上去，姐姐還買變形金剛給你。」

這是個令人難以拒絕的誘惑，莫海皺著臉考慮一下，還是沒鬆手：「哥哥會打我。」

「……」

胡蝶也怕牽連小孩，自顧自癱倒在沙發上，客廳的老式冷氣製冷不明顯，她傾身開了旁邊的電風扇。

扇葉呼呼作響，胡蝶盯著地上的光影發起了呆，連荊逾什麼時候走到面前的都沒發覺。

荊逾把風扇按下擺頭，問：「什麼時候過來的？」

胡蝶瞥了牆上的時鐘一眼，「剛到沒多久。」

「餓了嗎？」

「我來又不是吃飯的。」胡蝶看著他，不滿道：「你不要說的我好像除了吃飯什麼都不做的樣子。」

荊逾一臉不相信：「是嘛。」

「……」胡蝶趴在沙發靠背上，「你在天臺幹嘛呢？」

「做點東西。」荊逾走到桌旁倒了杯水，「其他別問，到時妳就知道了。」

胡蝶反應過來：「所以……是送我的生日禮物嗎？」

荊逾喝著水點了點頭。

胡蝶笑起來：「好，那我不問了，我們晚上吃什麼？」

荊逾靠著桌沿，唇角掛著抹笑，指腹貼著杯沿敲了兩下，緩緩道：「妳不要說的我好像除了吃飯什麼都不做的樣子。」

他輕揚了眉梢，故意道：「嗯？這話是小狗說的嗎？」

胡蝶忍不住嗆了回去：「是小蝴蝶說的。」

荊逾噗嗤笑了聲，將杯子放到桌上：「莫海。」

坐在一旁的莫海抬頭看了過來。

荊逾說：「告訴姐姐，小蝴蝶都吃什麼。」

莫海張口就來：「這個要分大小的，幼蟲蝴蝶吃蔬菜、葉子和植物嫩芽，成年蝴蝶吃花蜜和植物的汁液。」

荊逾給他鼓掌：「真棒。」

胡蝶被兄弟倆堵得沒話說，氣鼓鼓坐了回去。

荊逾惹人不高興也沒急著哄，回屋拿了衣服直接去洗澡了。

胡蝶本身就是氣著玩，等荊逾洗完澡回來問她吃什麼，也不理他，「我不是很餓，隨便吃點就行了，你弄你們的吧。」

「行。」

荊逾往廚房走，胡蝶盯著他的背影看了看，想到昨晚和邵昀的通話，在心裡盤算著能用什麼辦法讓他去醫院做個詳細的檢查。

想要說服荊逾重回賽場，她必須先搞清楚他肩膀現在恢復的怎麼樣了，可如果直接開口讓他去醫院，肯定是行不通的。

胡蝶想了一整晚，吃飯時總忍不住盯著荊逾看，被抓住幾次，荊逾也忍不住了，笑道：

「我臉上有錢嗎？」

「啊？」

「妳盯著我看了一整晚了。」荊逾放下碗筷：「怎麼了？」

「沒啊，我看你長得帥，養眼。」胡蝶喝了口綠豆湯，繼續誇道：「還下飯。」

荊逾抿了抿唇，一副欲言又止的樣子。

胡蝶怕他察覺什麼，捧著碗挪開了視線，等吃完飯也沒久待，不到七點就回了醫院。

回去洗完澡，胡蝶坐在床上打電話給邵昀，這段時間因為荊逾的事情，她和邵昀幾乎每晚都會通個電話。

『他那頭倔驢，妳要是直接跟他說檢查的事情，他肯定不願意。』邵昀說：『我也不知道還有什麼辦法，我總不能把他打一頓再拖去醫院檢查吧。』

「打一頓？」胡蝶嘀咕一聲，視線無意識瞥見牆角的電風扇，忽地想到什麼：「我知道怎麼辦了！你明天等我消息。」

『好，那就拜託妳了，妳讓我辦的事情我已經聯絡上人了，等週末我就去安排。』

「好。」

翌日傍晚，胡蝶又去了趟海榕街，和昨天一樣，莫海在客廳玩，荊逾在天臺做東西。

荊逾對她頻繁出現已經習以為常，忙完照例先洗澡，再去準備晚飯。

晚飯是在院子裡吃的，胡蝶白天沒怎麼吃東西，晚上喝了兩小碗排骨湯，吃飽喝足靠在椅背上偷瞄荊逾。

他吃飯時不怎麼說話，也不怎麼吃菜，像完成任務一樣，很快吃完兩碗米飯。

「妳不吃了？」見胡蝶停了筷子，荊逾出聲問道。

「吃飽了。」胡蝶站起身：「有點渴，我去倒杯水。」

荊逾沒怎麼在意，拿起湯勺盛湯，胡蝶進了屋，倒了杯水出來，慢慢往桌旁走。

他背朝著她，電風扇立在一旁。

從沒做過這種事情，胡蝶下手的時候失了輕重，風扇砸在荊逾後背上時，她聽見他好像悶哼了一聲。

「對對、對不起。」胡蝶手忙腳亂，想去扶風扇，手裡端著水杯又空不出來手，「你沒事吧？」

荊逾被砸傻了，好半天才動了下肩膀：「沒事。」

他起身扶起風扇，揉著肩膀看向她：「妳……」

「我不是故意的，我在想事情，沒注意到地上的電線。」胡蝶看著他，抿了抿唇角：

「我聽聲音好像砸的挺重的，要不然你等等跟我去醫院檢查一下吧。」

荊逾搖頭：「我沒事。」

「可我上次那樣被輕輕砸了一下都瘀青好長時間。」胡蝶一臉內疚地看著他，「……你還是去檢查一下吧，不然我心裡會過意不去的。」

荊逾嘆了聲氣：「好吧。」

胡蝶走過去，又小聲說了句：「對不起啊。」

「我真的沒事。」荊逾重新端起碗：「不信等等檢查完了妳就知道了。」

「嗯……」胡蝶低著頭，不敢看他。

吃完飯，荊逾先送莫海回家才跟著胡蝶去醫院。檢查時，胡蝶一直在外面，門又關著，她什麼也沒聽見。

等了十多分鐘，荊逾才從裡出來。

她忙站了起來：「怎麼樣？」

荊逾抿了下唇角，說：「醫生說要拍個X光片。」

「這麼嚴重？」

「也沒那麼嚴重。」荊逾怕她有負擔，安慰道：「就是怕有什麼問題才拍的，其實沒什麼大事。」

胡蝶垂眸不太敢看他，「是嗎。」

荊逾好像誤會她的意思，聲音變得溫柔許多，「嗯，我得去拍X光，妳帶我過去？」

胡蝶點點頭，在心裡念了兩聲罪過罪過。

CT室在一樓，晚上沒什麼人，拍完等四十分鐘結果就傳到主治醫生那邊，也不需要病人自己列印。

這次，荊逾讓胡蝶跟著他一起進了醫生辦公室。

醫生在電腦上看荊逾的X光片，「啊，沒什麼大問題，就是這兩天肩膀不要太吃重，休息幾天就好了。」

「好，謝謝醫生。」荊逾看向胡蝶：「這下放心了吧？」

胡蝶輕輕「嗯」了聲：「沒事就好。」

兩人從辦公室出來，胡蝶送荊逾到醫院門口，看著他走遠了，又立刻轉身跑回去。

幫荊逾看病的醫生是胡蝶托蔣曼提前打過招呼的，為的就是能讓荊逾在不起疑心的前提下做一次詳細的檢查。

她回去時，趙醫生已經將荊逾的X光片印了出來：「從片子上看，他肩膀上的傷已經完全恢復，按道理來說，應該不會影響到游泳。」

「可是……」

趙醫生：「我知道妳的意思，據妳所說，他現在不能游泳，如果真的是因為肩膀上的傷，那麼有兩種可能，一種是撕裂造成的後遺症，另一種就是創傷後遺症，有一部分患者會因為受傷時遭遇的疼痛太過強烈，在後期的恢復階段，會對這個痛感一直有所反應，只要牽扯到曾經受過傷的地方，他們會下意識回到受傷當時的情景，從而產生一種傷還未痊癒的假像。如果想確定是哪一種，現在最好的辦法就是勸他去做一次心理評估。」

胡蝶聽完沉默了一陣子，才說：「好，謝謝趙醫生。」

「不客氣。」趙醫生又道：「妳自己也要多注意。」

胡蝶笑著點了點頭：「嗯，我知道了，那我先回去了。」

「好。」

荊逾的情況和胡蝶想像中一樣複雜，她能瞞住實情讓他來做一次檢查，可心理評估她想不到能怎麼瞞。

邵昀同樣也沒辦法，他想了想說：『這樣吧，等我週末去見完人，我把東西傳給妳，到時我們一起找荊逾聊一下。』

好像也只有這一條路可以走了。

胡蝶握著手機，輕輕嘆了聲氣說：「好。」

邵昀的效率很快，週六傍晚就把檔案傳給胡蝶，她點開聽了半分鐘，回訊息給邵昀。

胡蝶：『我收到啦，謝謝邵昀哥。』
胡蝶：『希望這個能對他有用。』
邵：『反正我聽了他們說的話，挺感動的，我想他應該也一樣吧。妳打算什麼時候找他？』
胡蝶：『就這兩天吧，不想拖了。』
邵：『那我等妳的消息。』
胡蝶：『好。』
胡蝶原本想著去荊逾家裡跟他聊這件事，但計畫遠趕不上變化，週末那兩天她因為在考慮怎麼跟荊逾說這事，就沒去海榕街。
荊逾大概是擔心她情況不好，在週日傍晚帶著莫海來醫院找她，當時蔣曼和胡遠衡都不在，她從果筐裡拿了西瓜，找了一圈沒找到水果刀。
胡蝶放下西瓜，說：「你們先坐，我去護士站借一下刀。」
「不用弄了，我們剛吃過。」荊逾看著在病房裡跑來跑去的莫海，「他吵著要來找妳玩，我可能等等要先回去，晚一點再過來接他。」
「好呀，反正我在這裡也沒事。」胡蝶問：「莫海，你要吃西瓜嗎？」
「要！」

「等著。」胡蝶說：「二比一，我去借刀。」

荊逾無奈一笑：「好。」

他看著胡蝶走出去，見莫海跑進房間裡，怕他碰到病房裡的東西，起身跟了過去：「莫海，出來玩。」

病房內的窗臺上放著一個用椰子殼裝著的多肉，殼子上還用筆畫了一個笑臉。

莫海對它感興趣，跑過去拿了起來，椰子殼底部被戳了幾個洞，從盤子上拿起來之後，底下的碎土渣全掉在窗臺邊的小桌上。

「別亂動姐姐的東西。」荊逾走過去，從他手裡拿過多肉重新放回去，抽了張衛生紙擦掉桌上的土渣。

一旁的筆記本上也掉了一些，他怕弄髒本子，拿起來抖了抖，放回去時，被莫海拿過去直接翻開了。

「這是姐姐的東西，你不要——」荊逾剛要訓他，卻在看見本子上寫的內容時，倏地頓住了。

「哥哥，這上面有你的名字耶。」莫海指著鯨魚兩字，仰起頭，一臉純真的看著荊逾。

本子上的內容不多，荊逾一目十行很快看完，心裡像是有頭猛獸，不停撞著胸腔。

他抬手揉了下莫海的腦袋：「你先去樓下花園玩一下，哥哥等等帶你去買好吃的。」

「可我想在這裡跟胡蝶姐姐玩。」

荊逾看著他，沉聲道：「聽話。」

他低頭摳了摳手：「好吧。」

莫海從凳子上站起來，跑到外面時撞見借完刀回來的胡蝶，她下意識舉著手躲開他：「你不吃西瓜啦？」

「哥哥叫我先去樓下等他，我明天再來。」莫海笑咪咪的：「姐姐再見！」

「再見。」胡蝶走進去，沒在客廳看見荊逾，忽地想到什麼，放下水果刀，進了裡面的房間。

荊逾站在窗邊，窗臺邊的小桌上放著她的筆記本，此刻已經被翻開，明晃晃的攤在那。

她呼吸一凜，抬眸看向荊逾。

他的神情很平靜，指了指桌上的本子：「這什麼？」

胡蝶下意識順著他手指著的方向看過去，想到本子裡寫的拯救鯨魚計畫，動了動唇，卻一個字也沒說出來。

荊逾垂眸：「所以，那天妳用風扇砸到我，是故意的？」

胡蝶抿了抿唇，找回自己的聲音：「我只是想幫你……」

「妳怎麼幫我？妳能幫我訓練，幫我參加比賽嗎？」

「但是那天檢查結果顯示，你肩膀上的傷已經完全恢復了，你不能回去游泳很可能只是心理上的問題。」

「那又能怎樣？」

胡蝶被他冷淡的語氣激得有些生氣，不由得拔高了語氣：「那說明，只要你過了心裡那道坎，你還是可以回去游泳的。」

荊逾冷冷道：「要是過不了呢？」

「你都沒試過，你怎麼知道過不了？」

荊逾抬眸看向她，「妳怎麼知道我沒有試過？」

「所以呢？僅僅是試過，你就要放棄了嗎？」

荊逾別開眼，沒什麼情緒的說了句：「我不想成為下一個莫海。」

病房裡有須臾的沉默和安靜。

胡蝶輕輕笑了聲，似嘲弄：「所以說白了，其實你就是怕失敗，可我們是人，失敗不是很正常的事情嗎？」

「你出事之後有那麼多人在擔心你，你什麼都不說就離開B市，你讓你的隊友、教練，還有那些記掛著你的人怎麼想？你對得起他們嗎？你對得那麼保護你的父親嗎？」

「你懦弱、膽小、連一次失敗都不敢面對。」胡蝶情緒上湧，眼眶跟著泛紅：「你對不起所有人，包括你自己。」

荊逾像是被戳中痛處，怒聲道：「妳憑什麼這麼說，妳以為妳是誰？救世主嗎？」

夏風沉悶，過往的一切像一團厚重的棉絮緊緊包裹在荊逾心上，令他難受、失控、口不擇言。

他紅著眼，言語化作利劍，朝胡蝶狠狠刺了過去：「妳連妳自己都救不了！」

屋裡陷入更長久的沉默。

荊逾意識到自己說了多過分的話，情緒像撞上礁石的浪花，忽地落了下來：「我……」

胡蝶垂眸，一滴淚順著掉了下來。她深吸口氣：「對，你說的沒錯，我連我自己都救不了，我還能救誰啊。」

荊逾看她流淚，心裡那頭猛獸撞得他胸口發疼，他往前走了一步，又停了下來：「對不起，我不是那個意思。」

胡蝶輕輕笑起來，可眼淚卻依舊流不停：「你走吧，我不想再管你了。」

第十二章　榮譽

邵昀聯絡不上胡蝶，打了一下午電話給荊逾，各種方式都試過了，直到手機快沒電，他才接到視訊電話。

甫一接通，鏡頭那端黑漆漆的什麼也看不見，訊號也是斷斷續續的，邵昀連「喂」了幾聲，等到看見灰頭土臉露在鏡頭前的荊逾，忍不住說了句：「你是被人拐到黑窯廠去了嗎？」

他本意是打趣，誰料荊逾真的『嗯』了聲，把手機放在檯面上，擰開水龍頭，邊洗臉邊問：『我們學校附近那個陶藝館還在開嗎？』

「你說隨便？」邵昀說：「當然開啊，怎麼，你又要做東西嗎？」

『嗯。』荊逾為了保險，在家做了好幾個土胚模型，找了三家陶藝館，燒出來的成色都不夠漂亮。

想來想去，也只有「隨便」的窯爐最合適。

他以前在B市的時候在那裡做過不少東西，店裡到現在都還擺著幾件他的陶藝品。

荊逾拿著手機走出長廊，夏日陽光明亮炙熱，他邊往店裡走邊說：『我明天回去一趟。』

「回來？」邵昀一激動到忘了原本找他是想問問胡蝶的情況：「幾點的航班，我去接你。」

『不用了，我只是去隨便燒點東西。』荊逾頓了兩秒：『別跟其他人說。』

邵昀口頭上應著，心裡卻已經盤算著到時候喊大家一起去找他：「知道了知道了，就你規矩多。」

『還有事先掛了。』荊逾收起手機，推門走了進去。

老闆從吧檯探頭看了過來：「怎麼？沒燒成功？我早說了讓師傅幫你，你偏不要。」

他隨便應著，從冰櫃裡拿了瓶冰水：「結帳。」

「三塊，自己掃碼。」

荊逾拿出手機付款，結完帳，看見邵昀又傳來訊息。

邵：『剛剛忘了問，你知道小蝴蝶最近怎麼回事嗎？我打了好幾通電話都沒人接。』

荊逾停在店外的臺階上，手裡的礦泉水瓶接觸到熱氣，表面凝結著串串水珠，順著瓶身滴在地上。

他幾乎不用回想，那天爭吵的畫面便如潮水般爭先恐後湧出來，像扎進肉裡的毛刺，不起眼，一碰卻生疼。

荊逾：『吵架了。』

邵：『？』

邵：『誰？』

荊逾：『我們。』

邵：『？？？？？？？？』

邵：『什麼鬼，你們有什麼架可以吵？』

荊逾走下臺階，路旁榕樹高聳入雲，遮住大半陽光，走在樹下似是暑氣也少了幾分。

他由著邵昀傳訊息狂轟亂炸，心裡想著事，不知不覺走到醫院門口。

那天情急之下說出那句話之後，荊逾其實立刻就後悔了，只是說出口的話就如同潑出去的水，沒辦法再收回來。

這幾天，他其實來過醫院很多次，只是每次都停在醫院門口不敢進去。

胡蝶沒有說錯，他是個膽小鬼。

無論在什麼事情上。

眼見她的生日將近，荊逾也不再頻繁出門，一門心思待在家裡準備她的生日禮物，只是東西一直沒成功沒燒出來，她也沒再找過他，這禮物還能不能送出去都成了問題。

荊逾在醫院門口徘徊了一陣子，可最後還是沒走進去。

回到家裡，他沖了澡，也沒什麼胃口吃東西，找了幾個盒子將剩下的土胚模型裝了起來。

弄完這些，荊逾在網路上買了張去B市的機票，躺在床上時，他習慣性點開聊天ＡＰＰ。

和胡蝶的聊天對話還停留在吵架那天。

他盯著看了一陣子，打了兩個字又刪掉，點開胡蝶的動態，她這幾天都沒有更新。

荊逾往下翻了翻，看到他和她的那張合照，沉默須臾，他放下手機，在黑暗裡長長的嘆了聲氣。

翌日一早，他便帶著剩下的土胚，登上了回B市的飛機。

時隔一年多，再次踏足這座城市，荊逾竟還有幾分近鄉情怯，他在這裡出生、長大，所有的榮與失從這裡開始也從這裡結束。

離開的不體面，回來時也無人問津。

荊逾還來不及感慨，身旁忽然竄過來一陣風，邵昀勾著他的肩膀往下一壓：「欸嘿，總算趕上了。」

他就著那個姿勢往前看，來的人都是隊裡曾經一起並肩奮戰過的隊友。

方加一笑了聲：「不夠意思啊，回來都不跟我們說。」

「虧我聰明，打電話給航空公司。」邵昀站直了，卸掉手上的力道，荊逾也隨之站直身體。

他抿了抿唇，還沒來得及說什麼，幾個大男生突然衝上來一把把他抱在中間。

少年的身體帶著蓬勃的朝氣和熱意，彷彿能將他周身的灰暗和冷漠驅散。

大家笑著鬧著，好像又回到過去，一切都還沒發生，這一年的空白在一瞬間被塞得滿滿的。

荊逾扯了扯背包的帶子，有些喘不過氣說：「欸——鬆開點，別把我東西擠壞了。」

「你真是一點情調都沒有。」胡文廣往他肩窩處狠狠砸了一拳：「走，你的宿舍床鋪都幫你收拾好了。」

荊逾下意識想拒絕，被李致堵了回去：「沒壓著你回隊裡跟教練負荊請罪就不錯了，讓你回宿舍兩天還委屈你了？」

荊逾無奈一笑：「沒那個意思，行，那走吧。」

方加一：「這還差不多。」

一行人浩浩蕩蕩往外走，他們像是怕荊逾一不留神跑掉，將他簇擁在人群中間，邵昀和李致一左一右挽著他的手臂。

荊逾走著走著都快跌倒了，甩了甩手臂說：「我自己能走，我們這樣很擋路。」

邵昀：「也沒幾步了，車就在外面等著，我們走快點。」

說著，他們幾個男生開始加速，荊逾最後幾步是懸空直接被架了起來，上了車，他又被李致和方加一夾在中間。

荊逾有些好笑：「幹什麼？把我當犯人啊。」

方加一扶著車頂上的把手：「你看看這車裡還有別的空位嗎？」

「……」荊逾嘆了口氣：「那能不能先送我去趟隨便，我去燒點東西。」

「哦對——」邵昀從前排回過頭：「你跟小蝴蝶怎麼回事啊，我到現在都沒打通她的電話。」

荊逾沉默幾秒，才道：「我……說話不好聽，惹她生氣了。」

邵昀笑了：「你也知道你說話不好聽。」

荊逾不想多聊，只道：「先送我去隨便吧，我看看那邊的窯爐能不能行，不然還要找別家。」

胡文廣：「行，你弄你的，反正我們今天請假了，我們陪你。」

荊逾：「……」

隨便陶藝開在他們學校的後街，是個滿文藝的店鋪，老闆據說是五大名窯汝窯的傳人。

荊逾提前跟老闆打過招呼，到店裡跟回了自己家一樣，直奔後院的窯爐，邵昀他們幾個在店裡隨便找了空位坐著。

荊逾在窯爐待了一下午，毀了兩個土胚模型，總算是把東西燒了出來。

他跟老闆打了招呼，東西沒拿走，「我明天再過來一趟，您幫我看著點，別讓人亂動。」

老闆應了聲：「好。」

邵昀從一旁走了過來：「能撤了嗎？我們都快餓死了。」

荊逾背上包：「走吧。」

他們幾個除了荊逾都在訓練期，不能飲酒，晚飯就在學校餐廳要了個小包廂，吃完飯回宿舍的路上不知他們是有意還是無意，從訓練館門前路過時，方加一起鬨拉著眾人跑了進去。

荊逾落後幾步，停在門前的臺階下，他仰起頭，月亮近在眼前。

邵昀站在門內，回頭朝他招手：「你幹嘛呢，進來啊。」

荊逾朝他看過去，大廳亮著燈，南北兩面牆壁上掛著大家獲獎時的照片和眾多合影。

每次進入更衣室，都要穿過那條充滿榮譽和光輝的長廊，他恍惚間好像看見那個過去的自己。

踩著月光的殘影走進訓練館，有時是一個人，有時成群結隊，大家帶著同樣的夢想走進這裡。

荊逾抬腳踩上一級臺階。

北方夏天的夜晚不似南方，暑氣散盡，風裡帶著幾分涼意，可他心頭卻湧上一陣難以言說的熱意。

這幾級臺階，荊逾曾經走過無數遍，著急時長腿一跨，一步就能越過，但在今晚，它長得好像看不見終點。

他深深嘆了口氣，喉結上下滾動著，似在壓抑著情緒：「你們去吧，我在外面等你們。」

這道坎，太長了。

他邁不過去。

荊逾在B市的那幾天，邵昀他們要忙著訓練，除了到B市的第一天，其他時間也顧不上跟他敘舊。

不過他也沒閒著，白天都待在隨便，晚上跟他們幾個碰頭一起吃個晚飯。

準備離開的前一天下午，邵昀出門前給荊逾一支錄音筆，他的神情不大自然：「錄了點東西給你，本來是打算直接傳給你的，沒想到你正好來了B市，就自己拿著聽吧。」

荊逾接過去，笑著問了句：「你不會錄了什麼亂七八糟的東西給我吧？」

「狗屁，我是那種人嗎？你自己聽了就知道了。」邵昀像是不太願意提，「我去訓練了，晚上一起吃飯。」

「沒事，你先忙吧。」

邵昀走後，荊逾又搗鼓了一下給胡蝶的生日禮物，等著晾乾的時候，他打開錄音筆，按了播放。

開場有接近一分鐘的雜音，緊接著是邵昀的咳嗽聲，他大概是為了緩解尷尬，咳了兩聲便道：『我靠我靠我靠，我真是服了，要不是小蝴蝶托我幫忙，我才不幹呢，太傻了。』

聽到胡蝶的名字，荊逾愣了兩秒，停下手頭的事情。

錄音裡邵昀的聲音還在繼續。

『那麼，來個正式的開場白吧，歡迎大家來到著名游泳選手荊逾之他背後的故事，我是今天的主持人小邵同學。』

『首先我們先歡迎一下今天的嘉賓，張康華叔叔、杜立遠叔叔、蔣忠強叔叔，還有我們的大美女宋敬華阿姨。』

這四個人都是荊逾父親荊松生前的同事兼好友，逢年過節他們經常一起聚會，碰上荊逾不訓練的時候，他也會跟著荊松一起過去。

荊松去世之後，荊逾就和B市的一切斷了聯絡，和他們也沒再來往過。

錄音的環境很安靜，荊逾還能聽到邵昀說完這句話之後的碎碎唸，說什麼怎麼還沒來之類的。

大概過了一兩分鐘，他聽見邵昀跟他們四人打招呼的聲音，等到邵昀請他們落座後，這個不怎麼正式的採訪才正式開始。

邵昀：『我知道四位叔叔阿姨都是荊叔叔生前很好的朋友，今天找大家來的目的是想瞭解一下荊叔叔平時在公司呃……有沒有跟你們聊過荊逾啊？』

先說話的是張康華，他跟荊松既是好友也是多年同學：『怎麼會不提，人家都是女兒奴，他就是個兒子奴，十句話有一半都不離小逾。』

荊逾聽到這裡，忍不住笑了聲。

邵昀：『是嗎，那荊叔叔有沒有跟你們抱怨過荊逾學游泳不好之類的？』

宋敬華笑道：『怎麼會，他辦公室之前一整面牆掛的都是小逾獲獎的照片，來個合作方就恨不得從他小時候第一場比賽開始聊起，怎麼可能跟我們抱怨小逾的不好。』

杜立遠也接道：『小逾是為國爭光，老荊高興都來不及，每次有什麼比賽，都要一個個通知我們一聲。說到小逾，你跟他是同學，知不知道他最近什麼情況啊？我們打電話給他姑姑，也只能問到他生活上的事情，其他的他姑姑說不清楚。』

邵昀說：『他現在生活確實沒什麼大問題，只是心裡可能一直過不去那個坎。』

張康華問：『小逾過不去什麼坎？』

『就是……』邵昀沉默了幾秒，說：『叔叔、阿姨們也知道，荊阿姨去世的那年荊逾在隊裡封閉訓練，連荊阿姨最後一面也沒見到，後來荊叔叔又是為了保護他才離開的，他可能覺得自己學游泳是個錯誤吧，所以現在休學停練，我們說什麼他都不肯回來。』

錄音到這裡有了很長一段時間的沉默和安靜，最後還是張康華先開口道：『小邵同學，我知道你今天來找我們肯定是為了小逾，我們不知道小逾現在是怎麼想的，但我們可以肯定的說，老荊從來不覺得他兒子學游泳是個錯誤，他跟我們說過，他這輩子最大的驕傲，就是有小逾這個兒子。』

宋敬華也道：『小逾媽媽的事情，我們當初都知道，那陣子他在備戰亞運，國家選擇了他，這是值得驕傲的事情，比起讓他退賽回來陪在自己身邊，他媽媽還是更希望看見他在賽場上拿到屬於他的榮耀。』

張康華又道：『你如果真的能聯絡到小逾，一定要跟他說，我們幾個叔叔、阿姨的家就是他的家，我們都在等著他回來。』

邵昀『嗯』了聲：『我會的，我一定會把你們今天說的話完完整整的告訴他，也謝謝你們今天來跟我聊這些。』

張康華嘆了口氣：『唉，我們也是為了小逾好，老莿是我們的好朋友，他的兒子也算是我們大家的小孩，做父母的誰不希望自己的小孩越來越好。』

邵昀笑了聲：『是，謝謝叔叔阿姨們，今天辛苦你們跑這一趟了。』

『行，要是還有什麼需要的，你就打電話給我們。』宋敬華說：『打誰的都行，我們都能聯絡到。』

邵昀應道：『好。』

錄音採訪到了尾聲，張康華他們跟邵昀道別，全程唯一沒怎麼說話的蔣忠強忽然道：『小邵同學，要是以後小逾有什麼比賽，記得通知我們一聲啊。』

邵昀說：『好！我會的。』

蔣忠強笑道：『小邵，你也比賽加油啊，你們都是我們的驕傲，是國家的驕傲，我們都盼著你們繼續為國爭光。』

邵昀大聲應道：『謝謝叔叔，我們會努力的！』

『行，那我們走了。』

採訪結束，後面是一陣窸窸窣窣的動靜，邵昀慢慢開口道：『這個錄音是小蝴蝶托我幫忙聯絡叔叔阿姨們的，你看，其實荊叔叔和荊阿姨從來都沒怪過你。荊逾，回來吧，大家都在等你回來。』

錄音到這裡，突然傳出方加一他們幾人的聲音：『荊逾！我們一直等你！明年奧運，沒你我們不行啊！』

最後的最後，是他們的教練王罔：『你這小子，倒是會偷懶了，一年了，還沒休息夠啊？小心我找人去榕城把你綁回來。』

錄音結束，荊逾坐在那裡久久未動，宿舍外的走廊不停有人奔跑、說話的動靜。

過了許久，他忽然抓起錄音筆，起身走出宿舍。

迎面碰到好多熟人，有的停下來打招呼：「我靠，好久不見了啊，等等有沒有時間，去吃燒烤？」

荊逾笑了聲：「有點事，下次吧。」

「好，回頭聯絡。」

還有些一眼沒認出來，擦肩走過去又忽然回過頭，像是不太敢相信，語氣帶著試探：「荊……逾？」

荊逾停住腳步，回頭應道：「是我。」

男生顯然很驚喜，快步走到他面前，往他肩上捶了一下：「你回來怎麼一點動靜都沒有。」

荊逾笑了笑：「回來辦點事，不是暑假嘛，就沒跟其他人說。」

「這樣啊，那邵昀他們也知道？」

荊逾點頭：「知道的。」

「靠，真不夠意思，他瞞得也太深了。」男生笑：「那你現在是準備出去啊？」

「嗯，回家拿點東西，明天還要回榕城那邊。」

男生頓了下：「還……回那邊啊？」

荊逾沒多說，拍了拍他的肩膀：「先走了，有空聯囉。」

「好。」

從宿舍大樓出來，荊逾沿著小路從西門走了出去，他家社區跟B大只隔了兩條馬路。

荊松去世後，家裡沒人收拾，荊逾又走得匆忙，那些家具用品都落了一層灰。

他在屋裡轉了一圈，最後停在書房門口。

家裡書房說是只有荊松在用，但屋裡牆上和書架上掛著擺著的卻全都是荊逾之前拿到的證書獎狀、獎牌還有一大堆冠軍獎盃。

出院後，荊逾難以面對，門上落了鎖，一直到今天都從未打開過，連鑰匙都不知道丟到哪裡去了。

他去儲藏室找了把大剪刀，直接把鎖剪開，屋內窗簾和窗戶長時間沒開過，空氣有些悶。荊逾摸到牆上的開關，開了燈，眼前的一切和過去沒有任何變化，書桌上甚至還擺著荊松走之前沒來得及收拾的資料。

他在門口站了兩秒，抬腳走到掛滿證書獎狀的那面牆。過去荊松怕落灰塵，每張證書獎狀都用相框框起來掛著，底部有他的親筆題字，哪一年哪一場比賽，他都寫得很清楚。

在相框右下角，荊松還會放上一張他們一家三口的兩吋全家福照片，從荊逾六歲開始，一直到他十六歲那年，全家福換成了父子兩人的合照。

他一張張看過去，這一面牆既有他過去全部的榮譽，也有一個父親對兒子所有的愛。

荊逾在這面牆前站了很久，想到之前聽到的錄音，眼眶再一次紅了起來。

他深吸口氣，走到書桌前，拉開後面的窗簾，陽光頓時落了滿屋。

書桌上是荊松未完的工作資料，荊逾整理好放進抽屜時，卻在抽屜裡看見一本封皮寫著「鯨魚成長日誌」的筆記本。

他拿起來翻開第一頁，紙頁上是荊松的筆跡。

——鯨魚成長日誌

記錄人：荊松、文瑜

2003年6月5日。

今天帶小逾去游泳館學游泳，意外發現他水性很好，教了沒幾遍，就會自己游了。

2003年7月11日。

小逾遇到了人生裡第一個伯樂，開始了他的游泳之路，不知道這個決定對不對，但看小逾在水裡那麼開心，我和文瑜溝通過後，也就沒那麼擔心了。

希望小逾能一直這麼開心。

2003年10月4日。

小逾拿到了人生裡第一個冠軍獎牌，雖然不是什麼很正式的比賽，但希望他能再接再厲。

二〇〇三年荊逾剛開始接觸游泳，他跟荊松在游泳館玩的時候遇到來館裡聊比賽事宜的吳仁濤教練。

那時荊逾才六歲，在水裡游動時身形很顯眼，被吳教練一眼看中，一路帶著他訓練參賽。直到二〇一一年，十四歲的荊逾在全國游泳大賽上嶄露頭角，一舉成為當年的游泳新星之一。

這本鯨魚成長日誌也是從這一年開始頻繁出現比賽、獲獎和冠軍幾個字。

荊逾快速翻閱著，日誌在二〇一三年有一整年的空白，直到二〇一四年的仁川亞運。荊松寫了有史以來最長的一段文字。

2014年9月17日。

小逾要出國參加奧運了，往年他參加比賽，我跟文瑜都會一起去他隊裡看比賽直播，今年文瑜走了，我想了想還是不能缺席。

文瑜去世後，小逾一直怪我瞞著他媽媽的病，但我知道，他內心更多是自責和內疚。也不知道小逾有沒有機會看到這本日誌，但我還是想告訴他，媽媽從來沒怪過你，人的生老病死是自然規律，爸爸有一天也會離開，到那時我希望你不要太難過。

不過等那一天真的來臨時，你可能已經有了自己的家庭，我相信他們會陪伴你度過最難熬的那段時間。

你永遠是我們的驕傲，爸爸提前祝你旗開得勝。

日誌記錄的內容並不多，連本子的一半都沒寫完，荊逾卻花了很長時間才看完裡面的內容。

荊松去世後很長一段時間，荊逾沉靜在悲傷和自責中不能自拔，他甚至想過就那麼死在大海裡。

鯨魚孤獨的一生何嘗不也是他的歸宿。

荊逾鯨魚，好像他的命運從一開始就被寫好了結局，可誰也沒想到，會有一隻蝴蝶突然闖進他準備沉屍的海域。

一隻在亞馬遜雨林中的蝴蝶偶然扇動幾下翅膀，可以在兩週以後引起美國德克薩斯州的一場龍捲風。

她的到來，也許真的可以拯救一頭擱淺的鯨魚。

那天晚上，荊逾沒有回宿舍，他請了家政阿姨過來做一次打掃，滿屋的灰塵掃淨，一切又回到最初的樣子。

這一晚荊逾睡在自己曾經的房間，家裡的床單被罩都灰濛濛的，他直接睡在光禿禿的床墊上，卻少有的睡了一個好覺。

他夢見荊松和文瑜，回到小時候，他們一家三口在這間屋子裡快樂的生活。

他依舊在游泳。

文瑜沒有生病，她和荊松也不曾缺席過他的任何一場比賽。

他不停拿獎、奪冠，成了眾人眼中最耀眼的存在。

他還是那個意氣風發的荊逾。

大夢一場。

荊逾從虛假的歡愉中醒來，屋裡陳設不變，他起身從房間走出去，滿屋的陽光如影隨形。

他洗漱好，走到荊松和文瑜的照片前，點完香，靜靜站了一下，說：「爸，媽，我走了。」

荊逾回臥室關了空調，出來時路過書房，他想了想，進去從書架裡取下一塊獎牌放進口袋。

書房的窗戶昨天為了通風一直是敞開著的，荊逾怕之後下雨會落進屋，走過去關了起來。

拾掇好一切，荊逾帶上那本鯨魚成長日誌從書房走了出來。

只是這一次，他沒在門上落鎖。

屋內陽光大好，照得過去的榮譽好似在發著光。

第十三章　玩偶

「根據本臺氣象報導，近日高溫天氣即將迎來新的高峰，請廣大市民外出時做好防暑工作，謹防中暑……」

「月月——」蔣曼和胡遠衡推門進來的時候，胡蝶正裹著毯子坐在沙發上看午間新聞。

「妳怎麼起來了？」蔣曼拎著蛋糕走到她跟前，「今天不難受了？」

「嗯……好多了。」

上週，胡蝶剛洗完澡，不知道是不是在密閉空間裡待久了，突然出現呼吸困難的症狀，剛叫了聲媽媽就直接暈了過去，把迎聲趕來的蔣曼嚇得不輕。

這幾天蔣曼不敢再讓她亂動，她整日昏昏沉沉，連病床都沒怎麼下過，再不起來動動感覺骨頭都要散了。

胡蝶掀開毯子，穿上鞋往餐桌旁走：「爸爸今天做了什麼好吃的？」

「今天是媽媽下廚，做了妳最愛吃的紅燒排骨、白灼蝦，還有蒜蓉空心菜。」胡遠衡抬手在她鼻子上輕刮了下：「我們月月過了今天就十八歲囉，是個大女孩了。」

胡蝶摟著胡遠衡的手臂撒嬌：「那我也永遠是你們的女兒。」

「妳永遠是我們的小公主。」蔣曼把蛋糕放到餐桌上，從包裡拿出一個大信封遞給胡蝶：「我跟爸爸準備的生日禮物。」

胡蝶看信封的厚度，原以為是支票之類的，拿到手卻發現不是那麼一回事。

她晃了晃問：「什麼呀？這麼神祕。」

「拆開看看不就知道了。」蔣曼走到一旁洗手，拿了碗筷又走回來。

胡蝶撕開信封上的封條，待到看清裡面的東西，忍不住「啊啊啊」叫了起來。

裡面裝的是胡蝶最喜歡的一位國外花滑選手的十二張簽名照，算起來也不是什麼值錢的東西，但要論起價值對於喜歡的人來說就是無價之寶。

胡遠衡笑道：「妳不是一直說喜歡她，我跟妳媽媽就托關係幫妳要了幾張她的簽名照。」

「謝謝爸爸！」胡蝶拿著簽名照，抱了抱胡遠衡，又跑過去在蔣曼臉上親了一下：「也謝謝媽媽！」

她拿著簽名照愛不釋手：「她是我最喜歡的花滑選手，只是可惜退役的太早，不然還能到現場看她的比賽。」

「就知道妳喜歡這個。」蔣曼笑：「幫妳從網路上訂了十二個相框，到時候妳可以把這些照片裱起來。」

「好啊。」胡蝶一張張照片看過去，語氣激動：「我真的太喜歡了，謝謝爸爸媽媽。」

「好了好了，等等再看，先吃飯。」蔣曼遞了筷子過去，又問：「洗手了沒？快去洗個手。」

「馬上！」胡蝶又拿著簽名照好好看了一下，才念念不捨放下去洗手。

等到一家人落座，胡遠衡少有的端起了酒杯：「祝我們的小公主月月生日快樂，希望妳……」

說到這裡，胡遠衡停頓片刻，但很快又說道：「希望妳永遠都這麼快樂。」

胡蝶不能沾酒，倒了杯椰子汁，裝作什麼都沒意識到，舉杯跟蔣曼和胡遠衡碰了一下，笑道：「謝謝爸爸媽媽。」

「來吧，吃飯了，嚐嚐媽媽的手藝有沒有退步。」蔣曼夾了一塊小排放到胡蝶碗裡，忽然想起什麼，問道：「妳今天還出去嗎？」

胡蝶咬了口排骨，沒反應過來：「去哪？」

蔣曼笑：「妳之前不是跟我說，過生日這天晚上要跟荊逾他們出去玩。」

提到荊逾，胡蝶愣了兩秒，隨即故作自然道：「不出去了。」

「怎麼？是不是吵架了？」蔣曼說：「我前兩天看他在醫院門口站了一陣子，半天都沒動一下。」

胡蝶嘟囔著：「沒有，他比較忙。」

「那妳今天生日，他有沒有傳訊息給妳？」

「傳了……」

荊逾零點就傳了生日祝福，只是那時她早已睡了，等看見已經是白天，錯過了回覆就能立刻閒聊的時機。

「我看他對妳還挺好的。」蔣曼看著女兒：「要是是妳惹人家不高興，可不要耍小性子不理人家。」

「我才沒有惹他生氣。」胡蝶垂著頭，撥弄著碗裡的排骨，心情一下 down 了下來。

胡遠衡見狀，和妻子交換一下眼神，出聲緩和道：「好了好了，今天妳生日，不想這些了，我們先吃飯。」

一家三口都是性格溫和有趣的人，一頓飯吃得還算歡樂，吃完胡遠衡跟蔣曼收拾了桌子，把蛋糕拿了出來。

胡蝶安安靜靜坐在桌旁，看著蛋糕上跳動的數字「18」的火焰，在父母低聲吟唱的生日快樂歌聲裡，閉眼合掌開始許願。

她在心底默念道：「第一個願望，希望我的爸爸媽媽永遠健康長壽。」

胡蝶知道胡遠衡在那幾秒裡的停頓是什麼，大概是覺得平安健康說出來平添難過，所以只能祝她快樂。

「第二個願望，希望他們不要因為我的離開而難過太久，希望爸爸媽媽所有的學生在賽場上都能平安順利的拿到冠軍。」

「第三個願望……」

胡蝶念到這裡，重複了兩遍「第三個願望」，才繼續默念道：「希望荊逾那個王八蛋快點來找我道歉！」

她睜開眼，低頭湊過去吹滅蠟燭。

蔣曼鼓著掌，胡遠衡關掉錄影，把相機架在遠方。

他虛攬著妻子走到沙發坐下，胡蝶從背後摟著他們，一家人在病房裡拍了張合照。

拍好後，胡蝶站直身體，說：「我去看看拍得怎麼樣！」

她走到三腳架後，從取景框裡看見那張全家福，照片的背景是大片的白和綠，一家三口笑起來眉眼如出一轍。

有那麼一瞬間，胡蝶希望時間可以永遠定格在這一刻，只是可惜，世事皆不如願。

她忍著難過躲在相機後，透過鏡頭看向父母，突然道：「爸爸，我幫你跟媽媽拍張合照吧。」

「好呀。」胡遠衡調整坐姿，和蔣曼坐得更近了些。

胡蝶從取景框可以很清楚的看見父母眼角新增的細紋，這一年為了照顧她，蔣曼和胡遠衡看起來明顯清減了許多。

她按著快門的手有些發抖，拍下一張，又低著頭說：「好像沒拍好，我們重拍一張。」

胡遠衡和蔣曼沒發現她的異樣，還在取笑她會不會拍照。

胡蝶抿了抿唇，故作輕鬆道：「我當然會。」

拍完照，胡遠衡翻看前面拍好的一些照片，挑挑選選，把三人合照那張上傳到社群動態上。

胡蝶滑到後，快速點了個讚，嘴裡吐槽道：「爸爸，你下次能不能換個文案？不要每年只是改個時間，其他什麼都不變。」

胡遠衡頓了一秒，樂呵呵笑道：「好好好，明年我換一個。」

「這還差不多。」

胡蝶也吃不了多少蛋糕，吃完蔣曼切給她的一小塊，摸著肚子又躺在沙發上，頭枕著蔣曼的大腿。

她剛開始化療的時候就把頭髮剃了，平時在病房大多時候都戴著蔣曼親手編織的毛線帽。今天戴的是一頂藍色的毛線帽，有些舊了，蔣曼揪掉上面的毛球，說：「都起毛球了。」

「戴久了嘛。」胡蝶說：「媽媽，妳重新織兩個給我吧。」

「好啊，我明天就去買毛線，這次還要藍色的？」

「嗯，藍色顯白。」

蔣曼碰了碰她的臉：「都這麼白了。」

「那織個紅色？」胡蝶坐起來：「就紅色吧，紅色喜慶。」

蔣曼笑著點點頭：「好。」

胡蝶有午睡的習慣，今天也不例外，陪著蔣曼聊了下天，等到吃藥的時間，吃完藥就回了房間。

蔣曼看著她睡了，交代胡遠衡去買些毛線回來，但又怕他選不好，說道：「算了算了，還是我去吧，你在這裡看著月月。」

胡遠衡沒什麼可爭的，送她去電梯口就回到病房。

他走到胡蝶床前，搬了張椅子靜靜坐在一旁，一下子替她掖掖被子，一下子又怕她熱，把掖好的被子鬆開。

胡蝶本就淺眠，被這麼鬧了兩下，也沒了睡意，閉著眼笑道：「爸爸，我的被子是長刺了嗎，你總動它幹什麼呀？」

胡遠衡這才停下來，想想也覺得有些好笑：「我不吵妳了，妳睡吧。」

「睡不著了。」胡蝶側著身，看向胡遠衡：「爸爸，你跟我媽媽吵架，都是誰先道歉的啊？」

「我跟妳媽媽不吵架。」

「……」

胡遠衡看她蜷成一團，還是忍不住又把被角掖了回去，嘴裡問道：「怎麼突然想起問我這個了？」

「沒事，我就是問問嘛，好奇。」胡蝶說：「你跟我媽媽真的沒吵過架嗎？鬥嘴都沒有？」

「很少吧，妳媽媽脾氣很好。」胡遠衡看向女兒：「妳跟荊逾是不是真的吵架了？」

「也沒有。」胡蝶想了想，說：「就是我本意是想為他好，可他不領情，還說我什麼的，但如果我是他，我可能也會生氣吧……」

胡蝶其實能理解荊逾生氣的點在哪裡，只是彼此都放不下面子，不知道該怎麼說。

「那這樣的話，其實你們兩個都有錯，不是誰先道歉誰就輸了。」胡遠衡說：「荊逾不是傳訊息給妳嘛，妳回他了嗎？」

「還沒有。」

「那現在就是妳不對了，就算是普通朋友傳來的祝福，出於禮貌妳也要回一句謝謝的。」

「我就是……」胡蝶想到什麼，突然說道：「我跟荊逾也是普通朋友。」

「是嗎？」

「本來就是。」胡蝶嘀咕著：「說不定還不如普通朋友呢。」

胡遠衡只是笑笑，卻沒多說什麼。

胡蝶被胡遠衡兩三句話攪得有些說不上來的感覺，在床上躺了一整個下午。後來蔣曼買了毛線回來，叫胡遠衡出去幫忙團線，她也躺著沒動，聽著夫妻倆在外面聊天，不停打開手機看荊逾傳的訊息。

她思來想去，只回了一句謝謝，等了半天沒見到荊逾回覆，忍不住嘆了聲氣。

到了傍晚，胡遠衡準備回去做晚飯，進來問胡蝶想吃什麼，看她無精打采的樣子，意有所指道：「想出去就出去，妳不是好久都沒出去看日落了。」

「不想動。」胡蝶說：「喝粥吧，晚上想喝粥。」

「好，那爸爸先回去了，還有什麼想吃的就打電話給我。」

「哦……」

胡蝶翻了個身，面朝著視窗，從她房間的位置，其實能看見一點日落的殘影。

她一開始還沒注意到，眼睛盯著手機上翩翩起舞的人影，分析她的起跳、旋轉、落點，還有動作加分。

一場女子單人滑成年組自由滑表演節目的時長是四分鐘，等胡蝶看完這四分鐘的影片，一抬頭卻發現病房窗戶外多了五顆藍色的氣球。

一開始，她以為是樓下小朋友的氣球，可等了好幾分鐘，這五顆氣球像黏在她窗前一樣沒換過位置。

胡蝶放下iPad，起身走到窗前，隔著一層玻璃看見每顆氣球底端都掛著一張卡片。

她拉開窗戶，熱風撲面而來，五顆氣球也往裡飄了飄。

胡蝶抓住其中一顆氣球，摘下上面的卡片，背面畫著一頭小鯨魚，用腦袋頂著一塊小木板，上面寫著幾個字。

——我真的不是故意的。

她把剩下幾顆氣球上的卡片摘了下來，每一個背面都畫著同樣的畫，只是木板上的字不一樣，按照順序依次是——

「對不起。」

「我錯了。」

「我真的不是故意的。」

「能不能原諒我？」

最後一張鯨魚腦袋頂著的木板上畫著一個QR-Code，胡蝶拿手機掃了一下，彈出一段七分二十三秒的動畫影片。

一頭生活在深海中的鯨魚，偶然的一次機會，救了一隻被海水打濕翅膀的小蝴蝶。

小蝴蝶為了感謝，摘下花叢中最漂亮的花朵送給小鯨魚。

小鯨魚為了回禮，從海底帶了一堆東西送給小蝴蝶，有貝殼、海星，還有閃閃發光的珍珠。

他們成為朋友，小鯨魚帶著小蝴蝶在海上遨遊，小蝴蝶每天都會送給小鯨魚一朵漂亮的花。

後來有一天，小鯨魚和小蝴蝶吵架了，小蝴蝶躲在花叢裡不肯出來，小鯨魚就一直在岸邊的海域徘徊，還不時發出鯨鳴。

他開始頻繁的從海底帶東西上岸，放在平時和小蝴蝶見面的地方，時間久了，小蝴蝶終於願意出來見他。

小鯨魚為了逗小蝴蝶開心，不停在海裡游來游去，還表演翻滾、跳躍。

他仰躺在海面上，露出自己圓鼓鼓的肚皮。

小蝴蝶終於被逗開心，重新圍著他飛了起來。

看到這裡，胡蝶忍不住笑了出來，她撥開氣球往樓下看了一眼。

和住院大樓離得不遠的小路上，不知道什麼時候多了一個穿著鯨魚玩偶服的身影。

他手裡拿著一塊木板，上面寫著對不起三個字，和卡片上的字跡一樣。

那身衣服大概是從隔壁遊樂園借來的，又醜又萌，胡蝶從身高判斷出裡面的人大概就是荊逾本人。

她笑著對著樓下那道身影說道：「荊逾哥哥，你道歉的方式也太老套了吧。」

鯨魚玩偶沒回應，只是晃了晃手裡的木板。

胡蝶往下看了一眼，每顆氣球底下都拴著一塊小石子，她伸手把所有氣球撈進屋裡，又把卡片揣進口袋裡。

出門前，她想起什麼，摘下頭上的帽子，換了頂假髮。

蔣曼看她著急的模樣，問道：「怎麼了？」

「荊逾來找我了。」胡蝶跑出門，又竄回來，「對了媽媽，我晚上可能要晚點才能回來，妳幫我跟爸爸說一聲，粥我明天喝。」

說完不等蔣曼說話，她又咻地跑沒影了。

蔣曼笑著搖了搖頭，繼續手裡的事。

胡蝶跑到樓下時，荊逾還站在那裡沒動，傍晚的溫度依然很高，她只是跑下樓這麼短的距離，後背就冒了一層汗。

她走到鯨魚玩偶面前：「你熱不熱啊？」

鯨魚玩偶沒說話，點了下頭，又忽然搖頭。

「笨蛋荊逾。」胡蝶走近了，伸手要去摘他的頭套，一開始他還躲，被她拍了下腦袋才乖乖不動。

胡蝶摘掉頭套，看見滿頭大汗的荊逾，又好笑又心疼：「誰教你的啊？」

荊逾抿了抿唇：「沒。」

「先脫了吧，你不熱嗎？」頭套還挺重，胡蝶直接放在地上。

「還好。」荊逾沒動手脫衣服，只是把手裡的木牌遞過去，很輕的說了一聲：「對不起。」

胡蝶沒接，只是看著他。

他個子太高，鯨魚玩偶不是很合身，裡面又不透氣，夏天溫度格外高，他臉上全是汗，黑髮黏在臉側，有汗水順著臉頰往下滑。

他臉很紅，不知是熱還是什麼原因，眼眸漆黑，唇角微微向下抿著，等不到她的回應，無意識抿了抿又鬆開：「我……」

「好吧。」胡蝶接過道歉的木牌，溫聲道：「看在你這麼誠心的份上，我就原諒你了。」

「真的？」荊逾眨了下眼，有汗水滴進眼裡，輕微的刺痛感讓他忍不住想去揉眼睛，只是手還套在玩偶裡，剛一抬，又落了回去。

「我什麼時候騙過你？」胡蝶剛剛走得著急，口袋沒有衛生紙，她忽地走近一步，荊逾站在原地沒動。

胡蝶扯著自己衣服的袖子，輕輕覆在他眼睛上擦了兩下，又貼著額角擦他臉上的汗。

兩人距離很近。

荊逾垂著眸，盯著她的臉看了幾秒，突然很輕很輕的說了一句：「我以後不會了。」

「什麼？」胡蝶停下動作，對上他的目光。

他身上有揮散不去的熱意，在這一刻，好像也傳到他的目光裡、聲音裡，還有她的心跳中。

「不會惹妳生氣了。」

第十四章　小狗

「我們晚上真的要去海灘露營嗎？」荊逾家裡，跟著他從醫院回來的胡蝶自從聽了他晚上的安排之後，半個小時內問這個問題三遍。

荊逾拿著剛洗完澡換下來的衣服，空出手戳著她的腦門把人從自己眼前推開：「是是是，妳再問就不是了。」

「可我從來沒去露營過，我要帶什麼嗎？衣服？吃的？還是什麼？」

「妳什麼都不用帶。」荊逾把衣服扔進洗衣機裡，彎腰從地上拿起洗衣粉往裡面邊倒邊回頭看著胡蝶，抬手指了指自己太陽穴的位置：「把這個帶著就行了。」

胡蝶忍不住磨了磨牙齒，從牙縫裡擠出一聲：「好。」

荊逾看著她氣鼓鼓走遠的身影，收回視線時忍不住笑了聲。

他蓋上洗衣機的蓋子，按下啟動鍵，老舊的洗衣機緩慢地「哐噹哐噹」響了起來。伴隨著這聲音，荊逾沒聽見莫海進屋的動靜，一出門就被他撞了個滿懷。

荊逾整個人沒防備，後背砸在牆上，下意識去找支撐點的手不小心把放在櫃子檯面上的一個玻璃杯碰掉在地上，發出很清脆的碎裂聲。

胡蝶原先坐在客廳地上鋪著的泡棉地墊上，聽到動靜，也顧不上穿鞋，赤著腳就走了過來：「怎麼了？」

荊逾揉著肩膀站起身：「沒事，去穿鞋，地上有碎玻璃。」

「哦。」胡蝶回去穿鞋，聽荊逾安慰莫海說沒事，還問他東西帶好了沒。

莫海被嚇著了，聲音沒之前那麼有活力，「都帶好了……」

荊逾揉了揉他的腦袋：「行了，我又沒事，去坐著吧，等等要出門了。」

胡蝶穿好鞋，看著莫海走到沙發旁坐著，她快步走到荊逾身邊，小聲問道：「晚上露營，莫海也去嗎？」

「嗯。」荊逾抬頭看她：「怎麼，妳不想帶他去？」

「怎麼可能？」胡蝶接連否認：「我才沒有這麼想。」

荊逾發出氣音似的一聲笑：「是麼，我還以為妳想……」

「想什麼？」胡蝶看著他有些促狹的神情，忍不住嘖了聲：「荊逾哥哥你變壞了哦。」

「怎麼就變壞了？我只是想問妳是不是想留在家裡過生日。」荊逾拿著碎玻璃塊站起身：「妳以為我在想什麼？」

「我——」胡蝶氣不過，罵了句：「騙子。」

荊逾這下是真的笑出了聲：「不是，我怎麼又變成騙子？」

「是誰今天下午才說的。」胡蝶清了清嗓子，刻意壓低聲音：「我以後不會了。」

說完，又恢復自己原本的聲音：「不會什麼？」

接著又繼續壓著聲說：「不會惹妳生氣了。」

荊逾：「……」

搬起石頭砸自己的腳，還真疼啊。

胡蝶好不容易扳回一城，小步蹦跳著回了客廳，荊逾不知道她跟莫海說了什麼，等他收拾完再進來時，兩人已經坐在地上玩起軍旗。

他往外看了一眼，傍晚的天還很亮，也不急著出門，上樓時收拾點東西，拎著背包下了樓。

「我們什麼時候出門？」胡蝶和莫海的棋局散了，她坐在地上，往後靠著沙發：「我們晚上吃什麼啊？」

「七點出門。」荊逾點著手機，「妳想吃什麼？」

「想吃和能吃是不同概念。」

荊逾抬起頭：「知道了。」

「你知道什麼了就知道……了？」胡蝶看著他：「我跟你說話腦袋都快轉成山路十八彎了，還是跟不上你的思考邏輯。」

荊逾懶懶的靠著沙發背，眼眸微垂著看她：「跟我在一起想那麼多做什麼，我又不會坑妳騙妳。」

「但你會氣我。」

「……」

快七點的時候，荊逾帶著兩小孩出了門，胡蝶跟莫海玩踩影子的遊戲，蹦跳著走在前面。

他單肩背著自己的背包，手裡拎著莫海的背包慢悠悠跟在兩人身後。

白日暴曬過的海風濕漉溫熱，樹蔭下，枝葉搧動，蟬鳴聲像環繞的立體音效，藏在樹蔭更深處。

胡蝶很久沒出門，一出門還有幾分難掩的新鮮感，蹦著跳著，大笑著回頭看向荊逾，生動又鮮活。

「荊逾哥哥。」

「嗯？」

「今天我生日，你有沒有什麼要送給我的？」

荊逾腳步緩慢，和她隔著三四公尺遠的距離，聲音淡淡的：「送妳三個願望。」

胡蝶爆發出一陣哈哈哈大笑：「你在跟我演神雕俠侶嗎？」

「什麼？」

「楊過送郭襄三根金針，答應她在不違背江湖道義的前提下，滿足她三個願望。」胡蝶平衡感極強，倒退著走路也沒有任何不適應：「你說送我三個願望，那你是不是也要給我三根金針？」

「我沒有金針。」荊逾說：「但我說到做到。」

「空口無憑啊。」胡蝶停住腳步，等著他走到跟前，伸出手說：「拉個勾吧。」

荊逾垂眸看著她舉起的手，須臾，抬手勾住她的小拇指，胡蝶接著道：「拉鉤上吊，一百年不許變，誰變誰是小狗。」

荊逾被她幼稚的舉動逗笑，但也沒鬆開手，任由她勾來勾去。

胡蝶說完，還抬起大拇指跟他對著印了一下：「好了！」

手指鬆開的瞬間，先前相貼的位置還留有彼此的溫度，荊逾無意識搓了搓拇指：「走吧。」

晚上吃飯的地方就在海邊，一家露天的音樂餐館，餐桌椅擺在沙灘上，正中間還搭著一個簡易的舞臺，晚間有駐唱的歌手過來表演。

荊逾提前訂了位，他們過去的時候，餐館已經快坐滿了人，門口圍欄旁有在等位的遊客。

落座時，胡蝶看荊逾把背包單獨放在座位上，忍不住好奇：「你的包裡放了什麼啊？」

「晚上要用的。」荊逾不想她多問，拿了菜單遞過去：「看看，想吃什麼。」

「哦。」胡蝶接過菜單，莫海也湊了過來，她轉頭問：「你想吃什麼？」

莫海高興道：「蝦！大蝦！」

「好，我看看蝦在哪。」

胡蝶還沒找到，莫海又道：「第四頁右下角第五行！」

「謔。」胡蝶翻到第五頁，「你怎麼記這麼清楚，看來沒少來這裡吃飯吧？」

莫海重重點頭：「嗯！哥哥帶我來吃過，很好吃！」

胡蝶抬頭看了坐在對面玩手機的荊逾一眼，偷偷壓著聲問莫海：「哥哥只帶你來過嗎？」

莫海沒理解她的意思，重複道：「哥哥帶我來過。」

「那哥哥有沒有帶別的女生來過？」

豎著耳朵聽兩人說話的荊逾眼皮一跳，抬眸看了過來：「點好了嗎？」

「我還沒看完菜單呢。」胡蝶豎起菜單，擋住荊逾的視線，「你看啊，哥哥今天帶我和你來這裡吃飯，那哥哥之前有沒有帶你和別的姐姐過來吃飯？」

「哥哥……」莫海撓了撓臉，剛想說什麼，一抬頭看見荊逾站了起來，不敢再出聲。

荊逾拖了把椅子坐在胡蝶身旁：「聊什麼呢？」

胡蝶被他嚇了一跳，放下菜單，故意用手撓著額頭擋住他的目光，嘴裡說著：「沒聊什麼啊，我在問莫海吃什麼，除了大蝦，你還想吃什麼？」

莫海小聲說：「青梅酒。」

「啊，你是小孩不能喝酒的。」胡蝶察覺到荊逾還在盯著自己看，心裡緊張，菜單都沒怎麼看，飛快地勾了幾道菜：「我點好了，你再看看吧，我去洗手間洗個手。」

她說完，不等荊逾說話，唰地站了起來，還沒走出一步，手腕忽地被人從後面拉住了。男生的掌心溫度很高，胡蝶不知是怕還是羞，忍不住哆嗦一下：「怎怎怎麼了？」

荊逾鬆開手，「這裡沒有洗手間。」

「啊？」

荊逾沒看她，拿起筆，邊看菜單邊說：「莫海，帶姐姐去一下公廁。」

莫海乖乖應了聲：「哦。」

兩人剛要走，又聽見荊逾在背後說：「妳乖一點，別帶壞小孩子。」

腳下沙子太軟，胡蝶腳步一個踉蹌，也顧不上說什麼，拉著莫海快步走了出去。

等再回來，桌上多了兩盤菜，都是涼菜，一葷一素。

胡蝶看到放在莫海座位上的兩小瓶青梅酒：「他這麼小，能喝酒嗎？」

「他酒量比妳好。」荊逾拿起一瓶冰啤酒，放在桌沿磕了一下，瓶蓋「啵」地一聲，掉在地上，瓶口冒出一點白色的酒霧。

他彎腰撿起瓶蓋，忽地想到什麼，抬手放到胡蝶面前。

胡蝶看了一眼，瓶蓋裡印著「謝謝惠顧」四個字，她拿起來問：「幹什麼啊？」

「信物。」荊逾動作俐落地又開了兩瓶啤酒，一起拿給胡蝶。

胡蝶驚奇地發現其中一個瓶蓋裡印著「再來一瓶」，她笑著問：「那這個是不是意味著我可以再來一個願望？」

荊逾端起酒杯湊在唇邊，側頭看向她，沙灘上暖黃色的燈光襯得他眉目像是帶著一層電影質感的濾鏡。

他微仰著頭喝掉杯裡的啤酒，放下酒杯時，低低說了聲：「可以。」

胡蝶把瓶蓋用餐巾紙包起來：「什麼願望都可以嗎？」

「嗯。」荊逾想起些什麼，又轉頭看向她：「不過——」

「嗯？」

「我賣藝不賣身。」

胡蝶：「……」

胡蝶：「呵呵，我謝謝您。」

荊逾挑著眉笑了下，模樣有點勾人，「怎麼，不是八卦我有沒有帶別的女生來這裡吃飯，我懷疑妳對我有什麼想法不為過吧？」

胡蝶不知怎麼，心跳突然加快，眼神也變得閃躲起來：「八卦就是對你有想法了嗎？」

「那妳沒有嗎？」

他是順著她話往下說，說完才覺得不合適。

兩人都沉默了，氣氛變得莫名詭異又曖昧。

荊逾乾巴巴喝著酒：「吃飯吧。」

胡蝶：「哦。」

到了八點，餐廳的樂隊開始表演，男人低沉的嗓音迴盪在沙灘四周，一曲唱畢，有人喝彩鼓掌。

樂隊唱了半個多小時，胡蝶發現有就餐的客人跑上臺點歌，自己唱給某某某。那聲音和專業主唱差得有些遠，不過歌好不好聽在此刻也不重要了。它重在心意和唱歌的人。

荊逾見她盯著臺上看得入迷，低聲問：「想去唱歌？」

「怎麼可能。」胡蝶夾了一筷子涼拌花蛤肉，「我唱歌，這店就沒人敢進來了。」

荊逾笑了一聲，喝完杯底不多的酒，抬頭看向臺上剛唱完歌的男生，忽然道：「我去給妳唱首歌吧。」

「啊？」胡蝶還沒反應過來，他人已經站了起來，她怕他喝多了，連忙跟了上去：「喂！荊逾！」

荊逾回頭看著她：「怎麼了？」

「你真唱啊？」胡蝶說：「你是不是喝多了？」

「是。」荊逾說：「但我很清醒。」

胡蝶嘟囔道：「喝醉的人都會說自己清醒。」

荊逾看著她，忽然俯身湊到她面前，男生英俊的面孔突然在眼前放大，衝擊感十足。

胡蝶忍不住往後仰著：「你……」

荊逾卻沒多說什麼，就那麼看了兩三秒又直起身：「放心，我只是喝多，但沒有喝醉。」

他走出幾步，又忽然回頭：「還有——」

胡蝶還沉浸在剛剛的美顏衝擊裡，這時聽到他再出聲才回過神：「什麼？」

男生站在昏黃的燈光裡，海風吹動他寬大的白T恤，像鼓起的船帆，朝著她心口撞了過來。

「我沒帶別的女生來這裡吃過飯。」他停在原地，說完這句，頓了一秒，又道：「不只這裡，別的地方也沒有。」

胡蝶莫名想笑，不是覺得他的舉動好笑，而是發自內心的愉悅促成的笑：「知道了。」

「嗯。」

胡蝶看著荊逾走到臺側跟樂隊的人溝通，等到他抱著吉他坐到臺前時，才回到座位上。

樂隊的主唱幫他調整了麥克風架的位置，又拿了一個小一點的麥克風架放到和他懷裡吉他差不多的高度。

周遭的人聲因荊逾的出現像水壺裡的水，逐漸沸騰起來。

荊逾抬手將架在身前麥克風往下壓了下，屈指勾了下琴弦。

試完音，他抬頭往胡蝶這裡看了一眼，也沒說什麼，修長的手指輕撥琴弦，低聲唱了起來。

「當這世界已經準備將我遺棄，

像一個傷病被留在孤獨荒野裡。

開始懷疑我存在有沒有意義，

在別人眼裡我似乎變成了隱形。
難道是失敗就永遠翻不了身，
誰來挽救墜落的靈魂。
每次一見到你，心裡好平靜，
就像一隻蝴蝶飛過廢墟，
我又能活下去，我又找回勇氣。」

他唱歌的聲音比平時說話低上幾分，帶著繾綣的溫柔，舞臺斑斕的燈光落過去，修飾著他過於英俊的臉龐。

周遭有按捺不住的窸窣動靜。

胡蝶在愈演愈烈的討論聲裡，感受自己急促的心跳聲，像激烈的海潮，不停湧動。

「每次一想到你，
像雨過天晴，看見一隻蝴蝶飛過了廢墟，
我能撐得下去，我會忘了過去，
是你讓我找回新的生命，
Yeah……每次一見到你，就心存感激，
現在我能坦然面對自己，
我會永遠珍惜，我會永遠愛你，

在我心底的你位置沒有人能代替，

yeah 你就是那唯一……」

歌曲唱至尾聲，水壺裡的水也到達沸點，發出急促的鳴笛聲，周遭的掌聲裡夾在著起鬨的口哨聲。

荊逾絲毫不受影響，他停下撥動琴弦的手，修長的手指輕扶麥克風架，目光望向臺下的某個位置，娓娓敘來的聲音更加低沉動人。

「有一隻蝴蝶，跨越滄海桑田來到一片海域，她要拯救一隻擱淺的鯨魚，今天是她的生日。」

「那隻鯨魚想要對她說，小蝴蝶，妳成功了。」

荊逾身形未動，聲音格外溫柔：「生日快樂，我的胡蝶。」

臺下安靜幾秒，而後歡呼聲不停，氣氛熱切歡欣。

胡蝶隔著不遠的距離看向坐在光亮裡的男生，她是笑著的，可眼睛卻慢慢紅了起來。

她好後悔。

不是後悔遇見他，而是後悔沒能早點遇見他。

第十五章　水晶

晚上露營的人很多，荊逾跟營地負責人提前打了招呼，預留了兩間帳篷，離人潮較遠，比較安靜。

莫海晚餐喝了太多青梅酒，吃完飯被荊逾背進帳篷，連一直心心念念的煙火都沒看到。

夜晚，海浪潮聲翻湧，一輪圓月懸於海域遙遠的邊際之上，光輝清亮而冷寂。

胡蝶和荊逾坐在帳篷前的沙灘上，聽潮聲觀明月，是少有的安靜時刻。

過了半晌，她忽然開口，卻又欲言又止：「那天……」

「什麼？」荊逾扭頭看了過來。

「那天……我也不該那麼說你的。」胡蝶腦袋枕著膝蓋，臉埋在腿間：「對不起啊荊逾哥哥。」

他的懦弱、膽小、不敢面對失敗的逃避。

她何嘗不曾經歷過。

「沒什麼。」荊逾挪開視線，胳膊搭在膝蓋上，手上拿著不知從哪裡隨便揪來的一株枯草，「都過去了不是嗎？更何況，我也對妳說了很難聽的話，我們……就當是扯平了。」

胡蝶還是那個姿勢，低著頭悶悶地「嗯」了聲。

荊逾不想她自責多想，轉移話題道：「對了，給妳看個東西。」

胡蝶果然被引起好奇心，抬起頭問：「什麼？」

「禮物。」荊逾側身伸手將放在一旁的背包拿到面前，從裡拿出一個四四方方的禮物盒遞給胡蝶：「打開看看。」

胡蝶記得沒吵架之前他確實在幫自己準備生日禮物，原以為吵架後他就沒做了，所以才會說送她三個願望。

她拿在手裡，垂著眸說：「我以為你不會做了呢……」

荊逾看著她，眉梢輕輕揚起：「我在妳心裡是那麼小氣的人嗎？」

「小氣沒有，倒是怪會氣人的。」胡蝶小聲說完，見他揚起手作勢要打過來，忙縮著脖子往後退了一下：「君子動口不動手，你動你是王八狗。」

「……」荊逾笑了一聲，手懶洋洋地落回去，「行了，不打妳。」

胡蝶這才又挪了回來，動手解開禮盒外的藍色絲帶，掀開蓋子前問了一句：「我拆了？」

「拆吧，沒炸彈。」

「……」胡蝶邊拆邊小聲碎唸：「你還是不說話的時候比較順眼。」

荊逾不可置否，手肘抵住膝蓋撐著腦袋，側著頭看她拆禮物。

胡蝶揭開蓋子，盒子裡鋪滿了海綿，正中央的位置放著一個水晶球，隔著玻璃可以看清底座是一隻棲息在海底的鯨魚，在他四周的位置還散落著很多細小的碎片，在水中熠熠生輝。

「好好看。」胡蝶把水晶球拿了出來，那些細小的碎片在晃動間全都浮了上來。

它們起伏的瞬間，她才看清那些碎片每一塊都是蝴蝶的形狀。

整個水晶球像是童話中才有的海洋世界。

孤獨的鯨魚棲息在深海之中，圍繞著他翩翩起舞的蝴蝶是他漫長歲月裡唯一的陪伴。

胡蝶愛不釋手的捧著，「真好看，謝謝荊逾哥哥。」

荊逾看著她，說：「它還有個驚喜。」

「什麼？」

他從一旁撈了件寬大的黑色外套罩在兩人頭頂，周遭的世界忽地暗了下來，唯有她手中的水晶球散發著淡淡的藍色光芒。

胡蝶眼睛一亮，驚喜道：「為什麼會這樣？」

「我在底座和所有的蝴蝶上都抹了一層藍色螢光粉。」荊逾從她手裡拿過水晶球，輕輕晃動一下。

藍色的蝴蝶在水中翩翩起舞，有些輕輕落在鯨魚的身上，在這一刻，它們恍若有了生命一般。

胡蝶已經無法用言語形容此刻的感受，她專注地看著在水晶球中浮動的蝴蝶，忽然輕輕開口說道：「蝴蝶的壽命是三天到一個月之間，大部分的蝴蝶只有一週的壽命。」

「我和牠們一樣，也只有幾個月的生命，或許更短。可生命並不是你活了多少日子，而是你記住了多少日子。」她轉頭看向荊逾：「荊逾哥哥，謝謝你，讓我在生命的最後記住了這麼多美好的時刻。」

她說這話時臉上的神情專注而認真，瞳孔映著點點光芒，一點也看不出任何難過和不捨，好像早就做好了這樣的準備。

荊逾和她靠得很近，近到能在她眼底看見自己不怎麼清晰的倒影，彼此的呼吸在這一方小小的天地中逐漸糾纏在一起。

他單手撐在她身後的沙地上，低頭緩慢靠過去時，喉結連著滾了幾次，聲音隱約也在發顫：「那就再多記住一些。」

彼此間最後一點距離逐漸被拉近，近到鼻尖相觸，呼吸交融，唇瓣相貼的瞬間，胡蝶下意識瑟縮一下。

像是被他灼熱的溫度燙到，燙得她心底發熱、發酸，眼眶潮熱，湧動的情緒像上漲的潮水，塞得心口滿滿當當。

這個吻很輕，留下的分量卻很重。

胡蝶不忍閉上眼睛，用眼描摹他的輪廓，用心記住這一刻。

忽然間，隱約有什麼落在她臉側，是溫熱的。

她鼻子驀地一酸，難過在一瞬間湧上心頭，在荊逾退開之前，匆匆閉上眼睛，一行清淚順著眼角滑落，沒入髮間。

荊逾結束的突然，離開的匆忙，他從那狹窄的昏暗中起身，獨留胡蝶一人坐在原地。

她扯開頭頂的外套，海風吹乾臉上的淚痕。

有她的，也有他的。

荊逾進了帳篷。

胡蝶抱著外套在外面坐了一下，起身走過去，篷內沒有一點動靜，她停在門口，帶著笑意問道：「荊逾哥哥，你不會是害羞了吧？」

裡面過了半天才傳來低低的一聲「嗯」。

胡蝶忍不住嘆了聲氣，拿著外套蹲在地上，「可害羞這種事情不應該由我來做嗎？」

荊逾沒出聲。

胡蝶又說：「你難道打算今晚一整夜都不出來了嗎？」

裡面還是沒動靜。

胡蝶坐在那裡沒動，過了一下子才說：「但我現在有點冷耶，你跟莫海一人占了一間，我沒地方去了。」

話音剛落，帳篷的簾子從裡被掀開，荊逾弓著身走出來，聲音有些低：「妳進去睡一下吧，等快日出我再喊妳。」

胡蝶站起來，不知是腳下的沙子太過鬆軟還是蹲的時間太長，她起身時有一瞬的暈眩，眼前也跟著黑了幾秒。

不過很快又恢復正常，她也沒在意，往前走了兩步，暈眩感重新襲來，腳下如同踩著海綿一般，根本支撐不住她的身體。

「胡蝶！」

倒下去之前，胡蝶看見荊逾朝自己伸來的雙手，她試圖去牽，可渾身軟綿綿的，手還沒抬起，人已經被荊逾接在懷裡。

他們的距離很近，她看清荊逾臉上的慌張和通紅的雙眼，聲音有氣無力：「我沒事，我只是……」

安慰的話還沒說完，鼻腔中有什麼往外湧，溫熱的，她根本來不及擦拭，也沒有力氣抬手。

荊逾手忙腳亂來擦，可鼻血根本止不住，就像壞掉的水龍頭，他抱著她站起身，高大的身形在匆忙之間踉蹌了下，差點往前摔倒在地上。

胡蝶揪住他的衣衫，呼吸只聽得出呼氣，吸氣微不可聞：「我真的……沒事，就是，咳咳，就是流個鼻血……這很正常……」

「我知道，妳別怕，我們馬上回醫院。」荊逾緊抿著唇，怕抱著她鼻血回流，半路上又換成了背，她軟綿綿的趴在他背上，輕得像浮沉，風一吹就沒了。

「胡蝶，別睡。」荊逾聽不到她的回應，側頭碰了碰她的腦袋，喉嚨乾澀得難受：「別睡覺，跟我說話。」

他奔跑在風中，急促地喘息著，渴望得到她一絲應答，聲音像是從胸腔深處擠出來的：「求妳了……」

夜空下，只剩風聲和腳步聲。

荊逾不敢停下，步伐飛快，汗水順著額角滑落，掉在胡蝶垂在他心口處的手臂上。

她像是聽到他的祈求，手指微動了下，用僅存的意識，斷斷續續回應道：「荊逾哥哥……」

「我在。」

「背著我……很累吧。」

「不累。」荊逾緩著呼吸：「妳一點也不重，很輕的，我在以前在隊裡訓練，負重跑比妳重多了。」

「荊逾哥哥……」

「嗯？」

「對不起。」胡蝶閉著眼，眼淚落在他肩上，像打下烙印一般的痛。

「沒有，妳有什麼對不起我的。」荊逾緊咬著牙根，眼眶通紅，「從來都沒有，我們小蝴蝶最好了。」

她帶著鼻音「嗯」了聲，委屈卻在這一刻怎麼也刹不住，「可我想不通，為什麼是我啊……」

是啊。

為什麼是她呢。

荊逾也找不到答案，他不知道怎麼說，安慰在此刻彷彿杯水車薪，他沉默著，聽著她不曾有過的哭訴。

她說不想生病。

不想吃藥。

不想父母難過。

抵達醫院前，荊逾聽見她帶著哭腔，最後說了句：「我真的好想再回到冰場……」

他還沒來得及回應，她已經被送進急救室。

蔣曼和胡遠衡接到電話，也等在急救室外，荊逾跑了一路，白T恤濕了大半，手上還有乾涸的血跡。

「去洗洗吧。」胡遠衡朝他走過來，「辛苦你了。」

荊逾剛才灌了太多的風，喉嚨很乾，想說沒事，卻沒發出聲音，只是搖了搖頭，失魂落魄般走進走廊盡頭的洗手間。

他看著鏡子裡的自己，狼狽又迷惘，除了手上，肩上也有血漬。

荊逾擰開水龍頭，抄了把涼水在臉上，想起什麼，又關上水龍頭，掏出手機打給營地的老闆。

「丁哥，我朋友出了點事，我帶她來醫院了，莫海一個人睡在帳篷那邊，你幫我看著點。」

電話那頭應得爽快，又關心道：『你朋友沒事吧？』

「沒事。」

『好，知道了。』

掛了電話，荊逾將手機放在水池旁，又擰開水龍頭，開始認真仔細的清洗手上的血漬。

只是越洗，難過越清晰。

他停下搓洗的動作，俯身垂著頭，手撐在水池兩側，比臉上的水更快落下的是眼淚。

第十六章　佛祖

胡蝶病情的惡化對蔣曼和胡遠衡來說好像是預料之中的事情，他們平靜溫和的接受這即將到來的分離。

每每荊逾過去，胡遠衡還有閒心拿出自己的茶具，煮一壺茶，和他聊一聊茶道。

蔣曼亦是如此。

偶爾的午後，胡蝶倦怠小睡，荊逾和胡遠衡在窗邊下著棋，她便拿著毛線團坐在一旁織帽子。

胡蝶有時醒來看到此番景象，等父母走開，忍不住和荊逾開玩笑：「怎麼最近你看起來比我還像他們的小孩。」

胡蝶：「……」

「正常。」荊逾坐在床邊削蘋果，頭也不抬地說：「畢竟，一個女婿半個兒。」

荊逾看她這番反應，停下動作看過去：「怎麼？妳這是親了就不打算負責了？」

胡蝶臉一熱，小聲嘟囔著：「也不是我主動親的……」

「所以……妳真的要對我始亂終棄了？」荊逾放下蘋果和水果刀，俯身湊過去，眼睛眨了眨，顯得很無辜：「我是哪裡做得不好嗎？」

「……」胡蝶有些受不了，抬手捂住他的眼睛：「沒有，你別胡說。」

他不依不饒：「沒有什麼？」

胡蝶仗著他看不見自己，認真打量他的輪廓，慢慢道：「沒有做得不好。」

你很好很好。

是我不好，明知結局早已註定，卻還要招惹你，嘴裡說著拯救的話，卻也在無形中把你當做求生的稻草。

這真的是拯救嗎？

胡蝶一時分不清，她和他之間到底是誰拯救了誰。

可說起情意，終究是她辜負了他。

荊逾察覺到她情緒的變化，不過什麼都沒問，只是笑道：「好了，我知道我很好，鬆手吧，蘋果馬上要氧化了。」

「嗯。」胡蝶放下手臂，在他看過來之前側過頭看向窗戶那一側，窗臺底下的架子上放著許多品種不一的多肉盆栽。

最漂亮的山地玫瑰被裝在椰子殼裡，殼上有荊逾用奇異筆畫的蝴蝶和鯨魚圖案。

胡蝶想起什麼，問：「多肉會開花嗎？」

「會吧，不過有些品種開花過後就會枯萎。」荊逾順著她的目光看過去：「但大部分都是可以開花的。」

她又問：「多肉是仙人掌嗎？仙人掌三年才開一次花，它們不會也好幾年才開花吧？」

荊逾也被問倒了，拿出手機搜了下，說：「可以說仙人掌是多肉的一種，但多肉不全是仙人掌，至於開花……」

他又迅速搜尋了下，看著手機說道：「多肉在春季或者春夏交替的時候開花，不過不同的品種開花的時間會有所不同，夏天和秋天也有會開花的品種。」

胡蝶看著他笑了下，沒再多聊開花的事情：「你的蘋果怎麼還沒削完，我好餓啊。」

「惡人先告狀啊，明明是妳一直問我問題。」莉逾切了一小塊削好皮的蘋果遞過去：「吃吧。」

胡蝶嚼著蘋果，看窗外的日落，忽然想起那天沒能看到的日出，忍不住輕輕嘆了聲氣。

莉逾抬頭看過去：「怎麼了？」

她輕嘖：「蘋果不好吃。」

「……」莉逾被氣笑了，「慣得妳。」

她眼神戚戚：「莉逾哥哥，你好凶哦……」

莉逾舉起水果刀：「說話小心點。」

胡蝶抬手在嘴邊做了個拉上拉鍊的動作。

莉逾輕笑著，把剩下的蘋果切成小塊放進一旁的小碗裡，放上叉子遞到她手邊：「吃一半吧，等等要吃晚飯了。」

「是是是，你現在越來越有我爸爸的感覺了。」胡蝶抱著小碗，搶在他嗆回來之前開口道：「好想出去玩啊，莉逾哥哥你什麼時候再帶我出去玩？」

莉逾抬眸看著她欲言又止，沉默幾秒，說：「妳想去哪玩？」

「去哪裡都可以呀。」胡蝶伸手拿到手機，社群有新的訊息，是她關注的潭島周邊資訊上傳的一則動態。

潭島資訊V：『金風玉露一相逢，勝卻人間無數。』

附圖的九宮格是潭海寺實圖。

島上為即將到來的七夕廟會裝扮，隨處可見飄揚的紅色綢帶，上面用燙金行書寫著文案上金風玉露這句詞。

七夕廟會是潭海寺一年一度的佳節活動，胡蝶這段時間悶在病房裡，也沒了時間概念。她點開日曆，發現三天後便是七夕，言辭之間難掩興奮：「荊逾哥哥，我們去七夕廟會玩吧，聽說乞巧節那天去寺裡上香祈福會特別靈驗。」

荊逾不忍拒絕但也不敢一口答應：「去是可以，但要先問過醫生的意見。」

「沒問題。」胡蝶興致很高，好像已經提前拿到了被允許出去的通行卡一樣：「我先來看看祈福的攻略。」

「嗯。」荊逾看著她，沒再多說。

晚上，胡蝶跟蔣曼提了七夕要出去玩的想法，蔣曼不意外，笑著說：「這幾天大概快把妳憋壞了。」

「那我可以出去嗎？」胡蝶抱著蔣曼的手臂撒嬌：「媽媽，妳就答應我吧……」

「也沒說不讓妳去。」蔣曼嘆了聲氣：「算起來，我跟妳爸爸也好久沒去過潭海寺了。」

胡蝶提議道：「不然今年廟會妳跟爸爸也去吧，反正待在醫院也沒事，還不如出去走一走，就當是陪我了。」

蔣曼想了想，故意打趣道：「我們去也行啊，可就怕打擾妳跟荊逾囉。」

「媽媽！」胡蝶臉禁不住一熱，躺回去拿被子蒙住腦袋：「我不和妳說了。」

蔣曼看著她小女兒家的作態，忍不住笑了起來，可笑著笑著，又覺得難過，怕她察覺異樣，起身走了出去。

坐在客廳的胡遠衡看妻子從病房出來，又匆匆進了洗手間，起身走過去，聽見裡面的水聲。

他準備進去，蔣曼在裡說：「別進來，一下子就好。」

這是他們夫妻的約定，不在女兒面前露出難過，也不在彼此面前掉眼淚，他們學著堅強，學著接受。

可彼此都清楚，平和冷靜的背後他們掉過的眼淚不比彼此少。

夫妻多年，這既是默契也是安慰，更是支撐他們走下去的依靠。

胡遠衡鬆開握住門把的手，回到沙發坐下，盯著電腦棋盤上的殘局，終究忍不住紅了眼。

他緊咬著牙關在棋盤上落下一子，沒曾想是死路，滿盤皆輸。

這像是壓垮駱駝的最後一根稻草，他再也忍不住，低著頭哽咽出聲，年近半百的男人第一次哭得像個孩子一樣。

病房裡，胡蝶閉著眼，像是已經睡熟，可輕顫的睫毛和眼角滑過的淚水，都在爭先戳破她的謊言。

這一晚三個人短暫地情緒洩露，澈底打破了之前所有的平靜假像。

可胡蝶不敢安慰，只能裝作什麼都沒聽見，第二天仍舊是那個堅強樂觀的小蝴蝶。

父母也仍舊是那般的平靜溫和，他們戴著面具，開開心心為七夕廟會做準備，好像昨夜的眼淚和宣洩不曾有過。

七夕如期而至，去潭島的遊客絡繹不絕，胡蝶起得早，帶著蔣曼和胡遠衡跟荊逾會合時還不到八點。

「叔叔阿姨早。」荊逾接到胡蝶電話才起床，早飯也沒顧得上吃就出了門，他問：「妳今天怎麼怎麼早？」

「睡得早，當然起得就早囉。」胡蝶把手上的紙袋遞給他：「喏，早餐。」

「算妳有良心。」荊逾接過去，看向蔣曼和胡遠衡：「我們先過去坐船，這個時間應該不用排隊。」

蔣曼笑：「不著急，你先把早餐吃了也行。」

荊逾搖頭說沒事，「去船上吃也一樣。」

胡蝶著急得不行：「那快點走吧。」

他們上次去潭島是租遊艇，這次是買遊輪團票，這個時間遊輪上竟也有不少遊客。

胡蝶找了一圈才在角落找了兩個位子：「爸爸媽媽你們在這坐吧，我去上面透透氣。」

荊逾只好道：「我陪著她。」

胡遠衡擺擺手：「去吧去吧。」

遊輪二樓有觀賞的甲板平臺，清晨的海風還有幾分涼意，荊逾脫了外套披在胡蝶肩上：

「小心著涼。」

「哦。」胡蝶乖乖穿好外套，看著他咬了一口三明治，問：「好吃嗎？」

荊逾不太喜歡吃西式的早餐，嚼了兩口說：「還行。」

「我做的。」

他咽下嘴裡的東西，改口道：「挺好吃的。」

「……」

隨著遊輪起航，甲板上的風愈來愈大，荊逾三兩口吃完早餐，將紙袋捏成團：「走吧，進去了，外面風大。」

胡蝶也覺得有些涼，搓搓手臂說：「好吧。」

海岸和潭島的直線距離很短，沒多久遊輪便靠岸，胡蝶挽著蔣曼走在前頭，時不時回頭看跟在後面荊逾和胡遠衡。

等到山腳下，胡蝶想到上一次的爬山經歷，腿就忍不住一軟，「以前怎麼不覺得這臺階這麼長。」

荊逾從一旁走過來：「我背妳上去？」

「我還沒那麼弱吧。」胡蝶快步往上跑了幾個臺階：「我們來比賽吧，誰最後到，誰今天請客吃飯。」

蔣曼看著她，忍不住叮囑道：「妳慢點！」

她頭也不回地說：「知道啦！你們快點跟上！」

蔣曼看著她一股腦往前衝，搖頭嘆了聲氣：「這丫頭。」

荊逾笑了聲：「我去跟著她，您跟伯父慢慢來。」

「也行，你們去吧。」蔣曼捏著肩膀：「我們這把老骨頭就不跟你們比了。」

荊逾點點頭，三步併作兩步跟上胡蝶，「跑慢點，後面還有很長的路。」

「好累。」胡蝶剛才用力過猛，這時搭著荊逾的手臂喘氣：「我之前到底是怎麼爬上去的。」

「讓妳衝那麼快。」荊逾扶著她到一旁坐下：「要喝水嗎？」

胡蝶搖搖頭，又緩了緩說：「走吧。」

「真的不用我背妳？」

「不用，我今天一定能爬上去的。」胡蝶扶著他的手站起身，想了想，把手遞了過去。

荊逾不解：「怎麼了？」

「給你享受一下男朋友的權利。」

荊逾反應過來，忍不住笑了下，伸出手和她掌心相貼，十指相扣，「走吧，女朋友。」

男生的掌心溫熱乾燥，相扣的指縫交錯，胡蝶冰涼的手慢慢也沾染上他的溫度。

她用指腹輕輕碰了碰他的手背。

荊逾側頭看過來：「怎麼？」

「想碰。」胡蝶又碰了下，說：「行使女朋友的權利。」

荊逾笑著，似是無可奈何般嘆了聲氣。

爬了一半，胡蝶的精力耗去大半，連後出發的蔣曼和胡遠衡都跟了上來，四個人坐在涼亭裡。

蔣曼擦掉她額頭的汗，有些憂心：「不然我們別上去了。」

「上吧，都到這裡了。」胡蝶緩著呼吸：「我就是太久沒運動了，腿有點痠，人沒事。」

蔣曼知道她決心要上去，只好道：「那我們走慢點，只要誠心，去晚了佛祖也不會怪罪的。」

胡蝶點點頭：「嗯。」

餘下的山路，胡蝶仍舊拒絕了荊逾要背她上去的提議，荊逾只好小心攙扶著她走在臺階裡側。

蔣曼和胡遠衡跟在後面，看得心疼又擔憂。

等爬到山頂，已經快中午了，寺廟裡上香的人沒剩多少，蔣曼去領了香，胡蝶記得荊逾之前說過不信這個，在蔣曼把香遞給荊逾時，說了句：「他不用。」

蔣曼愣了下，還沒來得及問，荊逾已經把香接了過去：「來都來了，還是要上柱香的。」

胡蝶看他不像開玩笑的樣子，也沒再多說。

四人先去了供奉著主佛的殿宇前上香。

敬完香，蔣曼和胡遠衡去見以前相識的僧人師傅，胡蝶準備進佛殿裡聽誦經，回頭和荊逾說：「你在這裡等我吧。」

荊逾問：「我不能進來嗎？」

「你不是……」不信這個嗎，後面幾個字胡蝶沒說出來，但她知道荊逾能明白，「我很快就結束了。」

荊逾沒解釋，只是說：「一起吧。」

胡蝶沒有攔著他的理由，和他一前一後進了佛殿，等兩人聽完誦經時，四周已經沒有多少人聲。

風中有濃厚的香火味。

胡蝶跪在佛像前的蒲墊上，閉著眼，雙手合十，荊逾以同樣的姿勢跪在她身旁。

寂靜的午後，佛殿裡落滿光輝，煙霧繚繞，高大的佛像神態慈祥的看著跪在面前的少女和少年。

他聽見少女最虔誠的祈願——

「願佛祖保佑荊逾，早渡苦海，圓夢經年。」

他看見少年最赤忱的期盼——

「少不更事，多有不敬，望佛祖見諒，如今所求不為自己，只願心中人所求如願，所盼靈驗。」

「從前往後，誠心可見。」

第十七章　刺青

傍晚下山，胡蝶沒再堅持自己走下去，趴在荊逾背上，兩條長腿在半空中輕晃著，人也昏昏欲睡。

蔣曼從一旁走過來，見她眼睛要閉不閉的，道：「睏了？」

她迷迷糊糊應著，沒什麼力氣的樣子。

「那就睡一下吧。」蔣曼又看向荊逾：「換你叔叔背一下吧，你這麼背一路也吃不消。」

「沒事。」荊逾語氣輕飄飄：「以前訓練比這重多了。」

「那也不能……」

蔣曼還再堅持，胡蝶閉著眼睛開玩笑道：「媽媽，妳就別為難爸爸了。」

「妳啊，就是站著說話不腰疼。」

胡蝶輕笑：「我這是趴著呢。」

蔣曼笑著嘆了聲氣，對著荊逾說：「累了我們就休息，別逞強。」

荊逾點點頭：「嗯，知道了。」

九千多級臺階說簡單也不簡單，等到山下，荊逾直接癱坐在一旁供人休息的長椅上。

胡蝶在一旁又是遞水又是擦汗，忙完還拿小扇子幫他搧風，關心道：「還要不要喝水？」

荊逾晃晃手中還剩點底的礦泉水瓶，「夠了。」

「辛苦你了，荊逾哥哥。」

他闔眸，往後靠著椅背，腦袋朝後仰露出一截修長的脖頸，凸起的喉結上下滾動著：「背妳，不辛苦。」

「那背什麼辛苦？」

「沙袋。」

「……」

他笑了聲，又坐直了，看著蹲在腿邊的她，用膝蓋碰了碰她的膝蓋：「蹲著不累嗎？」

「蹲著舒服。」胡蝶回頭看向熱鬧的集市，嘀咕道：「也不知道我爸媽他們逛去哪了。」

荊逾順著她的視線看過去。

原先略有些空曠的街道此時此刻擺滿了各種攤販，廣場中間有一棵百年榕樹，上面掛滿祈福的紅色絲帶。

風一吹，絲帶搖搖晃晃，將滿樹的心願吹向遙遠的天邊，渴求能被神祇看見一星半點。

「走吧。」荊逾喝完瓶裡最後一點水，伸手塞進一旁的垃圾桶裡，拉著胡蝶站起身：「我們也去逛逛。」

「能不能先去吃東西？」胡蝶說：「我好餓啊。」

「不是才剛吃過齋飯？」

「可下山耗體力啊。」

荊逾屈指在她腦門上彈了下：「妳怎麼好意思說出這句話的。」

「我臉皮厚啊。」

「……」荊逾竟一時說不出什麼反駁的話。

「哎呀哎呀快走吧。」胡蝶拽著他，一股腦地往集市裡鑽，一路吃吃喝喝，荊逾手上拎的全是她沒吃完的東西。

胡蝶吃飽喝足，心滿意足地打了幾個飽嗝，又拉著荊逾去一旁的文創集市逛，打算買點紀念品。

沿途路過一家刺青店，其實也算不上店，只是在一個廊簷下支起的攤子，來往的人很多，只有胡蝶為它停下腳步。

老闆是個挺漂亮的女生，看起來也不像做生意的，見有人停在攤前，只是丟了個畫冊過來：「自己看。」

胡蝶拿起畫冊，荊逾走過去，「想刺青？」

她點點頭，正要翻開畫冊，荊逾卻伸出手擋了下：「妳不能刺青。」

胡蝶頭也沒抬，很小聲地說：「我現在也沒什麼能不能的了。」

荊逾沒說話，沉默一下就把手挪開了。

胡蝶翻開畫冊，目光瀏覽著上面的圖案，語氣有些沒心沒肺：「荊逾哥哥，有些事情是註定的，我們努力記住快樂的就夠了。」

老闆聽見兩人的對話，抬頭看過來，見胡蝶把畫冊翻來翻去也沒決定好要刺什麼，出聲問道：「妳想刺什麼？」

「什麼都可以嗎？」

她點頭：「妳說，我可以畫。」

「那……」胡蝶側頭看了站在一旁沉默不語的荊逾一眼，笑道：「那就一隻鯨魚吧，可以嗎？」

「可以。」老闆伸手拿一旁的畫板，很快勾出一隻鯨魚的線條，「如果怕疼可以不上色，只刺這種線條感也很好看。」

胡蝶看了畫稿一眼，女生的筆觸很俐落，雖然只是草稿，但也不俗，便滿意道：「那就不上色了，你覺得呢？」

她回頭看向荊逾。

他唇角微抿，沉默半晌，終究鬆了口：「可以。」

「那就刺這個。」

胡蝶把畫稿遞回去，老闆跟她確定刺在什麼位置，「那你們跟我進來吧，我的工作室在裡面。」

「好。」胡蝶拉著荊逾跟在她身後進了店裡，看她叫了個年輕的男孩子去外面看著攤子。

老闆帶著胡蝶去裡間做準備工作，準備拆工具時看了獨自一人坐在沙發椅上的女生一眼，又看向坐在門外的男生，淡淡提醒了句：「刺青是生不帶來，死要帶走的東西，妳確定想好了？刺下去就很難洗掉了。」

聽了她的話，胡蝶突然一愣，不等她拿好工具，便有些歉意的站起身：「對不起啊，我不刺了。」

她是要走的人。

把他刺在身上一起帶走，太不吉利了。

老闆像是見慣了這樣的事，也沒多意外，一聳肩說：「ＯＫ。」

胡蝶沒刺青，卻買下那張畫稿。

等從店裡出來，荊逾看著她小心捲起畫稿放在包側，輕聲問道：「怎麼又不刺了？」

「怕疼。」胡蝶笑了下：「那個姐姐說會很疼，我有點害怕，就不想刺了。」

荊逾看她興致不是很高的樣子，便安慰道：「等回去我拿這個畫稿幫妳訂一些紋身貼紙，那樣就不疼了。」

「好啊。」

兩人牽著手在暮色中走進熱鬧鼎沸的集市。

身後的刺青攤前依舊人來人往，等待著下一個有緣人為它停下腳步。

最後一班渡輪在晚上九點結束，胡蝶跟隨父母回到醫院時已經過了平常睡覺的時間。她洗完澡躺在床上，傳訊息跟荊逾說晚安，他回得很快。

荊逾：『最近好好休息。』

荊逾：『過兩天有驚喜給妳。』

荊逾：『晚安。』

胡蝶捧著手機笑，蔣曼穿著睡衣走了進來：「笑什麼呢？」

「在跟荊逾聊天，他說過幾天要給我一個驚喜。」胡蝶回了他一個「好」便放下手機，往床邊挪了挪說：「媽媽，今晚妳跟我一起睡覺吧。」

「好啊。」蔣曼吹乾頭髮，躺進胡蝶留給她的空位上，問道：「今晚藥吃了嗎？」

「吃過啦，回來就吃了。」胡蝶鑽進蔣曼懷裡，伸出手臂摟著她，「媽媽。」

「嗯？」

胡蝶閉著眼睛，感受母親身上的馨香和溫度，輕聲說道：「我今天在寺裡替妳和爸爸供了兩盞燈，你們明年記得去把燈放了。」

供祈願燈是潭海寺的古俗，第一年為家人親屬供奉的祈願燈，要在第二年的同一天由被供奉人親手放進海裡。

早些年榕城宣導保護海洋環境，但潭島當地政府又想保留這個習俗，就撥了一筆公款用於製作可分解的祈願燈，遇水則融。

蔣曼眼眶一熱，忍著鼻酸道：「好。」

「好奇怪，我覺得我最近好像比之前有精神多了。」胡蝶笑著道：「也不知道荊逾哥哥準備的驚喜是什麼。」

「肯定是妳喜歡的啊。」蔣曼輕撫著她後背凸起的蝴蝶骨，感嘆道：「時間過得真快啊，媽媽還記得妳小的時候說什麼都不願意跟我們睡在一起，非要一個人睡一張床。」

聞言，胡蝶笑了笑說：「因為那時候我剛接觸花滑，每天摔得渾身青紫，怕跟你們睡覺被發現。」

「我就知道是這個原因。」蔣曼說：「一眨眼，妳都這麼大了。」

「我總要長大的嘛。」胡蝶怕再說下去，惹蔣曼傷心，便打了個哈欠道：「好睏，媽媽我們睡覺吧。」

「好。」

蔣曼伸手關了燈，胡蝶卻在昏暗裡睜開眼睛，看著窗外的月亮，近乎一夜無眠。

幾天一過，整個八月就結束了。

胡蝶被荊逾那天說的驚喜折騰得抓心撓肺，好奇心得不到滿足，每天傳無數則訊息給他。

可這一次，荊逾就跟吃了把鎖一樣，把嘴守得牢牢的，忙起來的時候一天到晚見不到人影。

到後來，連胡遠衡也跟著莫名忙了起來。

胡蝶硬生生等了一週多，直到中元節那天才接到荊逾的電話，說要帶她去看驚喜。

她坐在荊逾的自行車後座上，手臂圈著他的腰，故意威脅道：「要是不夠驚喜，你今天就死定了。」

荊逾也不多解釋，只是加快了速度說：「等到了妳就知道了。」

車子從斜坡上朝前飛馳而去，夏天的風在耳邊呼嘯而過，少年鼓起的衣衫輕輕吻過少女的臉頰。

十幾分鐘後，自行車在榕城花滑體育訓練館門口停下。

胡蝶從後座跳下來，看著面前熟悉的標識，回頭看向荊逾：「你帶我來看比賽嗎？」

「再猜。」荊逾摘下帽子，抬手往後撥了撥額前有些凌亂的碎髮，走近她說：「走吧。」

胡蝶很好奇：「到底是什麼啊？」

「進去吧，進去妳就知道了。」荊逾牽著她走進訓練館，沿路所有的擺設都還是胡蝶記憶裡的模樣。

走到冰場，胡蝶才發現中午吃過飯就消失不見的蔣曼和胡遠衡換上了國家花滑隊的隊服站在場外。

還有那些她曾經並肩作戰過的隊友、帶著她南征北戰的教練。

還有邵昀和方加一他們，還有很多很多認識或不認識的人，全站在場外或是坐在觀眾席上。

她忽地意識到什麼，側頭看向荊逾。

他抬手搭在她的肩上，神情溫柔而認真：「今天，是屬於妳一個人的專場表演，我們都是妳的觀眾。」

「我……」胡蝶眼睛紅著，說不出話來。

荊逾笑了笑，伸手在她後背一推：「去吧。」

胡蝶往前走了一步，蔣曼拎著她過去的訓練包走過來：「妳的冰鞋和Costume，媽媽已經幫妳準備好了。」

眼淚猝不及防落了下來，她看著蔣曼，看著胡遠衡，看著場館裡所有人，深吸一口氣說：「我去換衣服。」

蔣曼擦掉她臉上的淚：「走吧，媽媽陪妳過去。」

更衣室在換衣室後方，胡蝶在這裡換過無數次衣服，從第一次踏上冰場，到後來退役，這裡的所有都是見證。

Costume 是蔣曼這段時間親手趕工縫製的，淡藍色的薄紗上繡著翩翩起舞的蝴蝶

等換好衣服穿上冰鞋，胡蝶緩步滑到鏡子前，蔣曼走到她身旁，和往常陪伴她參加比賽一樣，親手替她編好了頭髮。

胡蝶看著鏡中的自己，眼前彷彿看見那個在聚光燈下閃閃發亮的蝴蝶在冰面上滑動的身影。

慢慢地，內心深處像是有什麼被喚醒，她攥了攥手又鬆開，心情如同第一次參加比賽一般緊張又激動。

蔣曼拾掇好，拍拍她肩膀：「好了，我們出去吧。」

胡蝶又看了鏡子中的身影一眼，緩慢地吐出一口氣，點點頭說：「好。」

等從更衣室出去，場館內所有的聲音都停了下來，胡蝶迎著眾人的目光來到入口處。

胡遠衡走到她面前，替她捋了捋裙擺，說：「曲目是爸爸選的，是妳加入花式滑冰國家隊後第一次拿冠軍用的那首歌。」

花滑配樂在二〇一四年才正式解禁「人聲」，而那一年，胡蝶用這首歌拿到了四大洲花式滑冰競標賽的冠軍，

胡蝶抬頭對上父親的目光，淺笑著點了點頭：「謝謝爸爸。」

胡遠衡扶著女兒的肩膀送她到入口處，伸手在她背後輕輕一推：「去吧，這是妳的戰場。」

胡蝶入場。

場館內的大燈落下，只留一盞聚光燈隨著她的身影挪動到冰場中央。

她閉著眼，感受周身熟悉的一切，緩慢揚起手臂，右腳往後輕輕一退，是起舞的姿勢。

音樂前奏響起。

堅韌而清澈的女聲隨著胡蝶的滑動從場館四周傳出。

「你是第一個發現我，

越面無表情越是心裡難過，

所以當我不肯落淚地顫抖，

你會心疼的抱我在心口……」

歌曲緩慢進入高潮，胡蝶在冰面上舞動，抬手時袖子上垂下的紗緞，像搧動的蝴蝶翅膀。

她隨之起跳，但動作早已做不到像以前那麼標準和優美，她甚至連最基礎的旋轉、跳躍都做不到。

可胡蝶仍舊在堅持，一次又一次，跌倒又爬起來。

「……你比誰都還瞭解我，

內心的渴望比表面來得多，
所以當我跌斷吃放的時候，
你不扶我但陪我學忍痛……」
在胡蝶又一次重重摔倒在冰面上時，她沒能像之前很快地站起來，上半身匍匐在地上。
耳邊的歌聲還在繼續，胡蝶撐起手臂，可從渾身關節傳來的痛意讓她不得不又跌回去。
她閉著眼睛，不知是淚還是汗，滴在冰面上。
冰場外，荊逾看著倒在地上久久無法站起來的胡蝶，不忍再看下去，正要走進冰場，胡遠衡從一旁拉住他。
「別去。」胡遠衡看著女兒瘦弱的身影，眼眶通紅，可依然堅持不讓荊逾去打斷她：「摔倒了沒什麼大不了的，努力再站起來就行了，最重要的是人要有希望。」
「這個世界能穿透一切高牆的東西，就是希望。它在我們內心深處，別人無法到達，也接觸不到。」
「只要你自己深信，那便可一往無前，勢如破竹。」
荊逾被胡遠衡的幾句話釘在原地，他轉頭看向冰場上重新站起來的胡蝶，耳邊的音樂聲還在繼續。
「……我要去看得最遠的地方，
和你手舞足蹈聊夢想，

像從來沒有失過望受過傷，

還相信敢飛就有天空那樣，

我要在看得最遠的地方，

披第一道曙光在肩膀，

被潑過太冷的雨滴和雪花，

更堅持微笑要暖得像太陽……」

歌聲唱至末尾，只剩下尾音的餘韻迴盪在場館上方。

胡蝶抬起纖長的手臂，微微傾身，做了收尾的動作，場館內熾白的光落在她身上。

她閉著眼，急促地呼吸著，臉上閃耀著自由的光輝，額角的汗混著淚一同揮灑在她最熱愛的冰場上。

她是胡蝶。

是飛不過滄海的蝴蝶。

亦是隕落的天才少女。

荊逾曾經以為，他和她在某種程度上，是有些相似的。

可直到這一刻他才明白，他們之間的相似只有萬分之一，不同之處卻有千萬種。

天才隕落，卻不墮落。

第十八章　獎牌

伴隨著音樂聲的結束，場館內寂靜一瞬，所有人的目光都停留在場上那道纖瘦而美好的身影上。

邵昀站起身，率先扔出手中的玩偶，緊接著一個、兩個、三個，冰面上逐漸落下各式各樣的玩偶。

掌聲伴隨著胡蝶朝他們弓身致謝時變得愈發熱切，方加一在一旁起鬨，口哨聲亂飛。

蔣曼捂著臉，在掌聲中背過身，壓抑的哭聲落到周圍人的耳裡，是痛徹心扉的不捨和難過。

胡遠衡走過去，將她摟在懷裡安慰。

荊逾長長呼了口氣，等到穩住情緒，才推開入口的門，踩著冰鞋不怎麼熟練的滑到胡蝶面前。

他抬手擦著她臉上的汗，輕聲問道：「開心嗎？」

「開心。」胡蝶臉頰紅紅，眼眸亮亮的：「荊逾哥哥，謝謝你。」

荊逾笑了笑沒說話，而是伸手從口袋裡摸出一樣東西，胡蝶順著看過去，眼睫倏地一顫。是一枚金牌。

「這是我人生第一枚冠軍獎牌。」荊逾垂眸看著手中的獎牌，指腹在上邊輕輕摩挲著，「上個月我回了趟B市，邵昀給我聽了一些東西，離開的時候，我帶走了這枚獎牌。」

「受傷之後，我一度覺得游泳對我來說是一件極其錯誤的事情，它占掉我人生所有的時間，甚至因為游泳我錯過了我母親離世前的最後一面，我父親也因為送我去訓練的路上而離世。它過去帶給我的榮耀和冠軍，在那一刻像是諷刺一樣。」他抬眸，對上胡蝶的目光：「直到遇見妳，是妳讓我重新正視自己的膽小和懦弱，也讓我知道我一直都是我父母的驕傲，游泳帶給我的不僅是傷痛和離別，我人生裡所有的榮耀都源於它。」

「今天我把這枚獎牌送給妳。」荊逾抬手將獎牌戴到胡蝶頸間，「也希望，我可以是妳的驕傲。」

胡蝶忍不住鼻子一酸，眨眼的瞬間眼淚跟著落了下來，聲音哽咽：「一直都是。」

荊逾眼眶潮熱，抬手將她摟進懷裡，觀眾席上又響起一陣熱烈的掌聲。

胡蝶靠在他懷中，眼淚流不停，用只有兩人才能聽見的聲音說道：「荊逾哥哥，不管以後我走了多遠，你餘生裡所有的榮耀，我都能看見。」

天高海闊，青山路遠。

我們永不落幕。

從冰場出來後，蔣曼和胡遠衡邀請在場所有人晚上一起去海邊的露天餐廳吃飯。

一大群人熱熱鬧鬧吃到夜幕降臨才散場。

斑斕夜色中，荊逾背著胡蝶走在街邊，沿途路過賣水果的小攤，胡蝶從他背上跳下來買了半個西瓜。

她一邊走路一邊用小勺子挖著西瓜，時不時餵荊逾一口：「甜不甜？」

荊逾神情淡淡，點點頭說：「甜。」

「不對。」

「什麼？」

「你應該說，西瓜不甜，因為是妳餵的才甜。」

「……」荊逾皺了下眉，像是被她的土味情話噎住，意有所指道：「我今晚吃了很多。」

「那又怎樣？」

「所以——」荊逾垂眸覷她，「說話注意點，我不想吐出來。」

「荊逾！」胡蝶氣惱，把西瓜一股腦塞他懷裡，「我不想跟你說話了。」

荊逾笑出聲，也不在意她把西瓜塞過來時，白T恤被濺上了西瓜汁，只是快步跟上她的腳步：「生氣了？」

胡蝶不理他。

「好嘛，我知道錯了。」荊逾碰碰她的手：「別生氣了。」

「哼。」

「妳再餵我一口。」

「不要。」

「餵嘛餵嘛。」

「……」胡蝶忍不住搓了搓手臂，「你好好說話。」

「不嘛。」

「……」胡蝶捂著耳朵往前小跑，邊跑嘴裡還念著：「老天，救命啊！」

荊逾笑到不行，拎著西瓜跟過去，「明天上午我送邵昀他們去機場，中午過來陪妳吃飯，妳想吃什麼？」

「天氣好熱，沒什麼想吃的。」胡蝶讓他把西瓜捧起來，又重新吃了起來，餵他的時候，還不忘說：「別說話，吃就行了。」

荊逾抿著唇，點了點頭，等到咽下去才說：「那我熬點粥帶過去？」

「嗯……也可以。」胡蝶說：「還想喝蓮子百合綠豆湯。」

「好。」

到了醫院門口，胡蝶沒讓荊逾送自己上樓：「這麼晚了，我自己進去就好了，你快回去吧。」

荊逾也沒堅持，說：「那我看著妳進去。」

「幹嘛啊。」胡蝶沒多說，往裡走了兩步回頭見他仍舊站在原地，笑著朝他招了招手，倒退著邊走邊說：「你快回去吧。」

「馬上就走了。」荊逾叮囑道：「妳好好走路，別摔倒了。」

「知道啦！」胡蝶看著他笑道：「荊逾哥哥，明天見！」

「明天見。」

荊逾站在原地，看著她的身影逐漸被夜色吞沒，不知怎的，右眼忽地跳了一下。

他沒當回事，轉身往回走，邊走邊回頭看了一眼。

院牆內，急診大樓上的紅色標識在夜風中格外地刺目。

荊逾回去的路上順路去了趟超市，買了蓮子和綠豆，到家先去了廚房把煮粥和綠豆湯的食材泡在冷水裡。

邵昀聽到動靜從外面鑽進來，看他的架勢，忍不住打趣道：「你幹什麼？這麼客氣啊，大半夜還煮宵夜給我們吃。」

荊逾淡笑：「你要是睡不著就出去跑兩圈，想什麼呢。」

「哎喲，有女朋友的人就是了不起啊。」邵昀靠著冰箱，看荊逾忙前忙後，問了句：「你什麼時候回學校？」

「過一陣子吧。」荊逾把綠豆淘洗一遍，找了個乾淨的大碗，重新放滿冷水把綠豆放進去。

邵昀又問：「那你跟小蝴蝶是不是要異地戀了啊？」

荊逾「嗯」了聲，下巴輕抬：「讓讓我拿東西。」

邵昀往旁邊挪了一步，想說什麼，但到最後還是什麼都沒說，「早點睡，明天還要送我們呢。」

「我說——」荊逾叫住他。

邵昀回頭：「怎麼？」

「你們不能自己去機場嗎？」

「滾。」

荊逾低笑，轉過頭快速處理完剩下的東西，把粥放進電鍋設好定時便也回了房間。

邵昀跟他睡同一間，荊逾洗完澡出來，他直接呈大字型趴在床上，占掉了四分之三的位置。

荊逾費了好大力氣才把他往旁邊推了點位置，側著身剛躺下去，他又一抬腿，差點把荊逾踢下床。

「靠……」荊逾揉著被他踢疼的小腿，起身拿著小毯去樓下客廳。

客廳沙發能睡人，就是晚上蚊子多，荊逾點了盤蚊香放在茶几上，拿著手機坐在沙發上。

胡蝶半個小時前傳訊息給他。

胡蝶：『到家了沒？』

胡蝶：『喂喂喂！人呢？』

荊逾：『到了，剛剛在收拾東西。』

等了幾分鐘也沒看到回覆，荊逾想著她已經睡著，打了兩個字傳過去。

荊逾：『晚安。』

這一覺，不知是客廳太熱還是蚊子太多，荊逾睡得不是很踏實，他夢到了胡蝶。是在海邊露營那次。

夢中的胡蝶血流不止，任憑他怎麼叫都沒有回應，他看著她被推進搶救室，手臂垂在床沿，血順著指尖落在地磚上。

他往前一步，試圖握住她的手，可怎麼也抓不住她。

「胡蝶……」

「胡蝶——！」

荊逾猛地驚醒，滿頭大汗，心裡是從未有過的恐慌。

他滾著喉結，拿起手機看了一眼，已經凌晨四點多，接近五點，再過一下，天都要亮了。

荊逾點開APP，和胡蝶的對話還停留在昨晚，他的手停在螢幕上，指尖輕微顫抖。

他打了幾個字傳過去。

荊逾：『剛剛做了一個噩夢。』

可很快，他又收回這則訊息，傳了別的。

荊逾：『剛剛夢到妳了。』

這個時間，自然收不到胡蝶的回覆，荊逾放下手機，搓了把臉，掀開毯子起身去廁所。

他洗完臉出來，走到沙發坐下，習慣性拿起手機，看見一通未接來電。

來電人。

胡遠衡。

荊逾手抖了一下，點開電話回過去，漫長的嘟聲裡，那股難以言說的恐慌感再次束縛住他。

無人接聽。

他一邊安慰自己可能是胡遠衡不小心打錯了，一邊又不顧時間，打電話給蔣曼。

一樣無人接聽。

荊逾又找出胡蝶的號碼撥了過去，等待接通的過程裡，他甚至想好了怎麼跟胡蝶道歉這麼晚吵醒她。

可電話卻始終沒有接通，她連道歉的機會都沒留給他。

荊逾從家裡跑了出去。

凌晨的街道，連車子都沒有，一排排路燈下，一道身影飛快地跑了過去，寂靜的月光落在他身後的長街。

醫院離海榕街並不遠，可今晚的荊逾卻覺得這條路好像長得沒有盡頭，他在風裡急促地呼吸著，好像又回到那天晚上。

他背著虛弱的胡蝶，祈求奇跡降臨，祈求上天不要那麼早剝奪走他人生裡僅剩的美好。可漫漫人生，奇跡只會發生一次。

凌晨三點五十七，胡蝶突發嚴重出血情況，伴有咳血、昏迷，被送入搶救室後，最終於凌晨五點十六分搶救無效，離開人世。年僅十八歲。

那個被無數記者傳頌過的天才少女，在這一夜，澈底隕落。

當荊逾趕到醫院的時候，胡蝶剛從搶救室被推出來，蔣曼趴在床邊哭得撕心裂肺。護士要推走她，蔣曼抓著移動床的欄杆，嚎啕大哭，「月月、月月……」胡遠衡緊緊扶著妻子幾乎癱倒在地上的身體，眼淚一滴一滴落在地上，落在覆在女兒身上的白布上。

荊逾停在離他們不遠的地方，有一瞬間他好像聽不見所有的聲音，似乎連心跳都停了下來。

她就躺在那裡，在母親的哭泣和拉扯中，手臂從白布下垂落。和夢裡的情形一模一樣。

荊逾忽地笑了出來，像是找到什麼可以依靠的東西，低聲道：「原來還在做夢啊，妳嚇死我了。」

他轉身往回走，好像不去看不去聽，這一切就沒發生過。

護士推著移動床從他身旁走過，捨不得女兒就這麼離開蔣曼從後面跟了上來，她趴在移動床上，哭得上氣不接下氣。

掙扎間，覆在胡蝶身上的白布往下滑落，露出她安靜蒼白的臉龐。

蔣曼抖著手撫摸，聲音沙啞：「月月……」

走廊籠罩著濃重的悲傷情緒，荊逾緊攥著手站在一旁，連眼淚什麼時候落下來的都不知道。

兩個護士紅著眼別開了頭，胡遠衡扶著妻子，哽聲安慰：「別哭了，我們讓月月安心的走……」

蔣曼捂著臉靠在丈夫懷裡，幾乎快昏過去。

護士推著胡蝶進了通往樓下太平間的電梯，一轉身看見跟著走進來的荊逾，其中一個正要出聲提醒：「欸——」

另外一個護士和胡蝶熟識，也知道她和眼前男生的關係，攔著沒讓她說，抬頭看著荊逾：「進來吧，我們要送她走了，你陪陪她也好過些。」

荊逾想開口說謝謝，嗓子卻像糊滿了東西，怎麼也發不出聲音，努力吞咽了幾次，才模糊地說了聲：「……謝謝。」

電梯下滑的速度好像很慢。

荊逾看著和自己不過咫尺距離的胡蝶，忽然有種快要窒息的感覺，他不敢再看，挪開視線看一旁跳動的樓層。

只是看著看著，視線便被水汽模糊了。

電梯抵達一樓之後，護士將胡蝶送到便離開了，臨走前讓荊逾不要多留，醫院有醫院的制度。

荊逾點點頭，依舊沒發出什麼聲音。

他走進那間小小的房間，四周沒有窗戶，只有一個很小的排風扇口，白熾燈亮得有些刺眼。

「胡蝶。」

他輕聲叫她的名字。

荊逾走近床邊，白布重新覆了回去，他卻沒有勇氣掀開，只是蹲在床邊，握住她冰涼的手。

「妳騙我。」他低著頭，眼淚掉在她的手心裡，聲音像是從喉嚨深處擠出來的：「不是說好明天見。」

無人回應。

空曠的房間內不再有說話聲，只剩下那壓抑而崩潰的哭聲。

天不會亮了。

我們也不會再見了。

胡蝶的葬禮在三天後，失去女兒的痛讓蔣曼和胡遠衡彷彿老了十多歲，蔣曼在葬禮上甚至一度哭昏過去。

邵昀他們得知胡蝶去世的消息後，都留了下來，跟著荊逾忙前忙後。

等火化的時候，蔣曼和胡遠衡強撐著悲傷，從送女兒進去到接女兒出來，都不敢掉眼淚。

去墓地的路上，邵昀拿了瓶水給荊逾，他一天沒吃沒喝，連話都沒怎麼說，「不吃東西，總要喝點水吧？」

荊逾卻只是沉默著搖了搖頭。

「你這樣，小蝴蝶怎麼放心。」邵昀壓著聲說：「你也算她父母半個兒子了，你要是倒了，兩個老人怎麼辦？」

荊逾閉著眼睛，呼吸漸漸急促，眼淚順著眼角滑落。

邵昀轉過頭，眼眶通紅。

葬禮結束後，蔣曼因為體力不支，還沒走出墓園人就暈了過去，被緊急送往醫院。方加一和邵昀他們在一旁看著還站在胡蝶墓前的人影，他忍不住嘆了聲氣：「他這樣，還能回學校嗎？」

「他會的。」邵昀低頭咬著根沒點著的菸，「就算不是為了他自己，為了小蝴蝶，他也會回去的。」

「唉。」

荊逾在胡蝶的墓前站了很久，他看著墓碑上那張永遠笑得生動鮮活的臉，腦海裡回想著和她相識的過往，只覺得滿滿都是遺憾。

他緩慢地蹲下去，從口袋裡摸出一張紋身貼紙貼壓在墓前：「之前說好要買給妳的，還沒來得及給妳，妳就走了。」

「我要回B市了，可能有很長一段時間不能來看妳，妳要是想我了，就來夢裡找我吧。」

荊逾斷斷續續說了許多，久到夜幕降臨，他才起身站起來，抬手撫著碑上的照片，低聲道：「答應妳的，我不會食言，我走了。」

話音落，忽地吹來一陣風。

他閉上眼，抬起手感受風從指間吹過的感覺，輕聲問道：「是妳嗎？」

風聲依舊。

只是恍惚裡，荊逾好像聽見那熟悉的聲音，帶著笑意，在他耳畔響起：「荊逾哥哥，再見啦。」

他仍舊閉著雙眼，喉結輕滾，咽下那上湧的情緒，忍著鼻腔的酸意，格外溫柔的應道：「再見。」

從墓園出來後，荊逾沒跟著邵昀他們回去，而是順著馬路去了他和胡蝶第一次見面的地方。

他站在海浪洶湧的礁石岸邊，縱身一躍，跳入了波濤翻滾的海水中。

一直跟在他身後的邵昀和李致被他的舉動嚇了一跳，匆忙跑過去，只見月光下，他如鯨魚一般，潛游在海水中，身形靈動，快速朝前游動著。

荊逾不知道自己游了多久，又游了多遠。

他游到精疲力竭，仰泳在海面上，海浪聲灌入耳朵。

荊逾想起和胡蝶的初遇，潮熱盈滿眼眶，又被海水捲走。

月光下，他抬起濕漉的手，恍惚間，彷彿看見一隻蝴蝶停留在他指尖。

第十九章　冠軍

「榕城氣象臺於二〇一八年七月二十三日十五時二十七分變更發布颱風紅色預警，今夜我市沿海風力將逐漸增強到十一至十三級，榕城市區最大陣風可達十一至十三級，二十三日全市有暴雨到大暴雨，局部特大暴雨，降雨量可——」

最近這樣的報導數不勝數，荊逾拿起遙控器關了電視，幾口喝完碗裡的粥，起身離開桌邊時，抬手在莫海腦袋上揉了一把：「你洗碗。」

這一年，莫海依舊沒長大，鼓著腮幫子又不敢反抗：「好吧，好吧。」

荊逾走到窗前，榕城的雨從上星期就一直下個不停，這時雨勢看起來小了些，但風卻很大。

他心裡正想著事，莫海在背後叫了聲：「哥！你電話！」

「來了。」

荊逾回到桌旁，看見來電顯示的名字，拿起來剛接通，就聽見邵昀在那邊大吼大叫：『你傻了吧，訓練期你亂跑什麼，老王發話了，等你回來非扒你一層皮不可。』

邵昀罵完卻沒聽見荊逾的聲音，拿開手機看了一眼，還在通話中，又道：『喂喂？喂！大哥、大爺、荊祖宗！你在聽嗎？』

「在。」荊逾應了聲。

『靠。』邵昀問：『你回去幹嘛啊？下個月就是亞運了，你現在耽誤一天就離冠軍遠一步，你不知道事情輕重嗎？你到底在想——』

荊逾輕聲打斷他的怒吼，語氣格外平靜地說了句：「今天是她的生日。」

邵昀登時愣了下，『我……』

「我心裡有數，不會耽誤訓練的。」荊逾是昨天半夜到榕城的，原先是想一早去了墓園後，再趕上午的航班回B市，沒想到碰上颱風天，航班和高鐵都停了。

『隨你便了。』邵昀語氣緩下來不少：『這兩天榕城颱風呢，你注意安全，教練那邊我幫你擋著。』

「謝了啊。」

『免了，你亞運幫我們多拿塊金牌，我跪下來謝謝你。』

荊逾低低笑了聲：「你現在對我的崇拜……已經到了這個地步嗎？」

『滾蛋！』

邵昀氣呼呼掛了電話，荊逾笑著放下手機，轉頭看莫海在廚房洗碗的身影，自顧沉思了下，說：「莫海，哥哥出去一趟，很快就回來。」

莫海聽了，立刻沾著滿手的泡沫從廚房跑了出來：「我媽說今天不能出門，會被風吹走的。」

「哥哥去辦點事情，很快就回來，不會被風吹走的。」荊逾看著他：「你一個人在家裡害怕嗎？」

「不怕！有變形金剛陪我。」

聞言，荊逾一愣，隨即看向立在茶几上的變形金剛。

那是去年莫海過生日，胡蝶送他的禮物。

當時荊逾還擔心過不了多久莫海就會把它拆了，可這一年過去，它仍舊好好的擺在那裡。

只是物是人非。

荊逾笑著揉了揉他的腦袋：「好，那哥哥回來帶霜淇淋給你。」

「好！」

事實證明，颱風天出門並不是件容易的事情，從海榕街到墓園大概有兩三公里的距離，荊逾走到那裡時，身上的雨衣已經起不到任何防禦的作用，濕透的衣衫緊緊黏著他的身體。

墓地管理員推開窗戶探頭看過來，問了句：「你也是去三號墓地的？」

「是，您怎麼知道？」荊逾抹了把臉上的雨水：「現在能上去嗎？」

「能去，你前不久剛上去一個呢，也是去三號墓地的。」管理員讓他進屋填個登記表，「不過你也別留太久，颱風馬上要來了。」

「好，謝謝。」荊逾心裡對剛上去的人有了大致的猜測，快速填完表格，便又戴上雨帽匆匆進了墓園。

胡遠衡也是等了一天，看傍晚雨小了才出門，荊逾過去時，他已經準備要走了。

蔣曼一人在家，他不太放心，看見荊逾，胡遠衡有些驚訝：「你什麼時候回來的？」

「昨天夜裡。」荊逾隔著雨簾看向碑上的照片：「想回來看看。」

「難為你有心了。」胡遠衡把手裡的傘往他頭頂遮了遮，「這個天氣也燒不了什麼，她媽媽在家裡念著，我看雨小了就跑了一趟。這一年啊，過得真快。」

荊逾「嗯」了聲，也不知道該說什麼。

「行了，這雨看著又要大了，你也別多留，我先下去等你。」

「好。」

看著胡遠衡撐傘走遠，荊逾才在胡蝶墓前蹲下，語氣似開玩笑：「一年了，妳一點都不想我嗎？」

回到B市以後，他以為會時常夢見她，可一次都沒有。

「妳也太快把我忘了。」

大雨飄潑，砸在石板地面上，嘩啦啦地響。

荊逾看著碑上的那張照片，露出一個很輕很淡的笑：「生日快樂。」

從來這裡到離開，荊逾只說了這麼三句話。

回去是胡遠衡開車送他，車子在雨中緩慢前行著。

在一個紅燈路口，胡遠衡停下車子，忽然說了句：「明年別來了吧。」

荊逾看著眼前不停擺動的雨刷，沒說好也沒說不好。

「你的路還很長。」胡遠衡說：「你可以永遠記著她，但不要活在過去，人總要往前看的。」

荊逾始終沉默著，像一尊不會說話的石像。

胡遠衡看了他一眼，等紅燈變綠，也沒再開口。

半個小時後，車子在海榕街巷子口停下，荊逾手搭上車門的把手，說了上車後的第一句話：「今天謝謝叔叔，我先走了。」

胡遠衡看著他欲言又止，最終只是沉默著看他走進大雨中。

荊逾回到家裡時才想起忘記帶霜淇淋給莫海，又折身去巷子口買，回來時，莫海卻已經睡了。

他把霜淇淋連著袋子塞進冰箱，脫掉濕衣服進了浴室。

熱水澆下來時，荊逾想起胡遠衡的話，微仰著頭，任由熱水從臉上淋過，喉結滾動著，有什麼順著熱水一起流了下來。

他不想忘。

喜歡她，是一輩子的事情。

這一夜，荊逾第一次夢見胡蝶，她還是記憶裡那個模樣，流著淚喊他荊逾哥哥，問他為什麼要忘了她。

沒有……

我沒有……

荊逾陡然從夢中驚醒，醒來的那一秒嘴裡還在喊著他沒有忘，深夜的雨聲格外清晰。

他起身坐在床邊，伸手搆到一旁的背包，準備拿菸和打火機的時候，看見放在夾層裡的信封。

那是去年荊逾離開榕城之前，胡遠衡交給他的，是胡蝶寫給他的第一封也是最後一封信。

他看過之後，一直帶在身上。

荊逾鬆開菸盒，拿出了那封信。

封口已經被拆開過，他抽出裡面信紙，入眼是熟悉的字跡，內容他幾乎倒背如流。

荊逾哥哥：

今天是二〇一七年八月十六號，當你看到這封信的時候，我大概已經去了別的地方。(好俗套的開頭啊 TUT)

這段時間我總是流鼻血、胸悶，前兩天我發現我好像嚐不出味道了，可能我是真的要走啦，所以趁著今天心情好，寫點東西給你。

嗯……

其實我也不知道要說什麼，也不知道別人的遺書都是怎麼寫的（嘆氣）。

我知道你肯定會很難過很難過，但我希望你不要難過太久，我並沒有離開，我一直都在的。

你看日落，我就是太陽旁邊的雲朵，你看月亮，我就是月亮旁邊的星星。

也許我還會是路邊的小草，參天的大樹，是你淋過的雨、吹過的風，甚至是你呼吸的空氣。

我會像你送我的那顆水晶球裡的胡蝶一樣，永遠陪在你身邊。

所以荊逾哥哥，不要為我難過，帶著我們共同的夢想，一直努力往前游吧。

我會在人生的終點等你。

——你的小蝴蝶留

信紙上有幾個字已經變得模糊，一圈圈水漬在周邊暈開，荊逾深吸口氣，指腹摩挲著末尾的落款，難過和悲傷的情緒在一瞬間朝他襲來。

他低著頭，眼淚打濕信紙，又有幾個字變得模糊。

荊逾在一週後回到B市，王罔教練對他進行最後的封閉訓練。

八月中旬，參加亞運的所有運動員，啟程飛往雅加達。

對於傳聞中已經退役如今又返回賽場的荊逾，是大部分記者採訪和關注的重點之一。

為了不影響到他的狀態，也為了不讓游泳隊其他隊員有心態問題，飛機一落地，王罔就交代人帶著整隊人先一步上了巴士。

亞運在兩天後正式開幕，各項目運動員都在這僅剩的時間裡開始熟悉比賽流程和場地。

邵昀和荊逾住在同一間，他們參加的項目不同，但比賽時間都在同一天，後面還共同參加了混合泳接力賽。

比賽前一天晚上，王罔叫他們去開會，開完回來到宿舍，邵昀給荊逾一個錄音筆。

邵昀撓著後脖頸，「那什麼，上次錄音的張康華叔叔他們聽說你回來參加比賽了，錄了幾句話給你，你自己聽吧，我先去洗澡了。」

說完不等荊逾反應，他便拿著衣服進了浴室。

荊逾拿起那支錄音筆，伴隨著水聲按了播放。

『小逾啊，我是張叔叔，聽說你參加了這一屆的亞運，我們就托小邵同學幫忙給你加個油。來來來，你們都說一句——』

『小逾，我是宋阿姨，祝你比賽加油，嗯……你一個人在國外多注意，那地方氣溫高，小心中暑。』

『欸！說點好的。』蔣忠強道：『小逾加油！比賽當天我跟你叔叔阿姨們都會看直播的，你加油啊！別給我們丟臉！』

『你們真是的，給孩子那麼大壓力幹什麼。』說話的是杜立遠，他笑道：『小逾別聽他們的，你就正常發揮，拿不拿冠軍我們另說，重要的是比賽一定要盡自己最大的努力，不要辜負自己這麼久以來的辛苦，還有啊，你爸也在天上看著呢，他要是看到你重回賽場，肯定比我們都高興。』

張康華也道：『是啊，老荊最大的驕傲就是你了，你一定要好好游啊，我們等你回來。』

到最後幾個加起來兩三百歲的中年人差點因為誰說的話不好聽吵起來，但荊逾聽著卻覺得格外地親切。

他笑著拿起錄音筆，按了重播，把這段錄音來回聽了三遍，最後一遍的時候，他沒再按倒帶，打算等著錄音自動播完停止。

最後一句話是宋敬華說的：『哎呀，這錄音怎麼沒關。』

而後便是窸窸窣窣一陣動靜，荊逾正準備伸手將錄音筆收起來，卻突然聽見熟悉的聲音從裡面傳了出來。

『荊逾哥哥，比賽加油啊。』

荊逾倏地一愣，整個人像是被定在原地，他不敢置信一般將錄音按了重播，又不停點著快轉。

在這過程裡，邵昀洗完澡從浴室出來，剛好聽見胡蝶那句「荊逾哥哥，比賽加油啊」。

他擦著頭髮停在原地，看著荊逾沉默的背影，開口道：「小蝴蝶去世之前傳給我的，讓我等你回來參賽的時候再拿給你聽。」

「……謝謝。」荊逾回頭看著邵昀笑了下，這一次，他沒再掉眼淚。

這一年，國家隊以一百三十五金、九十銀、六十七銅牌的成績位列獎牌榜第一名，而被眾望所歸的荊逾也沒有辜負大家的期望，以兩金一銀的成績被記者寫為「涅槃歸來的王者」。

亞運結束後，荊逾又消失一段時間，等再到隊裡，B市已經是秋天了。

王罔教練對他的行為嚴厲訓斥：「下次你再這樣一聲招呼都不打就找不到人，你就不用回來了，我們隊裡不缺人。」

荊逾也沒辯駁什麼，說：「對不起教練，我以後不會了。」

王罔仍舊板著臉：「行了，去訓練吧。」

荊逾點點頭，拎著自己的運動包往更衣室去，躲在一旁的邵昀搭上荊逾的肩膀跟著他往前走，「你這段時間去哪了？」

「沒去哪，一直在榕城。」荊逾推門進了更衣室，「換衣服訓練吧。」

「好嘞。」邵昀鬆開手，走到自己的櫃前，脫掉衣服放進去，拿著泳帽和泳鏡一轉身看見荊逾的後背，忍不住爆了句髒話：「靠。」

荊逾正揚著手臂脫T恤，聞聲問了句：「怎麼了？」

「你這？刺青啊？」邵昀指了指他右肩胛骨的位置。

那裡刺著一頭鯨魚和一隻蝴蝶。

沒有上色，只是簡單的黑色線稿。

荊逾沒怎麼在意的「嗯」了聲。

邵昀問：「你回榕城就是去刺青了？」

荊逾點點頭：「老王沒說過不能刺青吧？」

「沒說過是沒說過，但隊裡也沒人敢刺啊。」邵昀嘖了聲：「你小心點，他今天本來就氣你失聯，要是再看到你的刺青，說不定真的把你趕出游泳隊了。」

荊逾笑了聲：「那到時就拜託你幫我多說幾句好話了。」

「滾吧，你刺的時候怎麼想不到我？」邵昀推開他示好示弱的手臂：「你就仗著老王寵你，為所欲為。」

荊逾倒也不否認，笑道：「那以後你被罵，我會幫你多說幾句好話的。」

「……」邵昀直接一巴掌拍在他背上，聲音清脆。

荊逾眉頭一皺：「靠……」

邵昀在他動手之前，笑著跑了出去：「走囉，訓練了。」

荊逾對著鏡子看了一眼，背上一個清晰的巴掌印，在它右上方，是那個蝴蝶與鯨魚的刺青。

鯨魚是蝴蝶以前想刺卻沒刺的那個稿子，他這趟回去找那個刺青師在鯨魚上方加了一隻蝴蝶。

因為沒上色，只花了一個月便養好了。

他勾手碰了碰，關上櫃門走了出去。

王罔對荊逾刺青這事倒沒說什麼，畢竟很多國際賽事上的游泳運動員都有刺青，他只是沉默著一腳把正在做熱身運動的荊逾踹進泳池裡。

末了，冷著臉說：「你給我好好練。」

荊逾浮在水中，抹了把臉上的水，用食指和中指兩指併攏抵在太陽穴旁朝他做了個致敬的手勢：「遵命！」

王罔氣得直接拎起放在一旁的運動器材準備朝他砸過去。

荊逾大笑著游遠了。

王罔看著他，好似又看到過去那個意氣風發的少年。

他放下手中的運動器材，隊裡另一個教練走過來，看著荊逾在水裡快速擺動的身形，笑道：「看起來是恢復過來了。」

王罔嘆道：「是啊，不容易。」

荊逾沒在水裡，並未聽見教練們的對話，他不停揮動長臂，長腿配合著踩出浪花。

一朵又一朵。

一年又一年。

二〇一九年七月十二日，第十八屆國際泳聯世界錦標賽在韓國光州正式開幕，荊逾再次斬獲男子兩百公尺和四百公尺自由式冠軍，並帶領隊友在男女四乘一百公尺混合泳中奪得冠軍。

這一年，荊逾大大小小獲獎無數，距離他大滿貫征途只剩下最後一個一千五百公尺自由式的冠軍獎牌。

二〇二〇年的夏天，帶著這個目標，荊逾參加了東京奧運兩百公尺和一千五百公尺自由式。

如果再奪冠，他將是國內泳壇史上第一位也是最年輕的大滿貫選手。

也因為此，比賽當天幾乎所有人都在關注這位涅槃歸來的王者，期盼他能夠再次創下奇跡。

不同於隊友的激動和緊張，荊逾自己卻很平常心，賽前還在跟王罔開玩笑，要是真拿了冠軍，回去也要讓王罔試試被人從泳池邊踹進泳池的滋味。

王罔覷了聲：「你先拿了冠軍再說。」

荊逾笑道：「那你答應了？」

「去去去，做你的賽前體檢。」

王罔作勢又要踢他，荊逾先一步跑開了，在離得不遠的地方突然回過頭：「老王，你就等著被我踢下去吧。」

「你這小子——」王罔一咬牙，看他跑遠，終究忍不住笑了出來。

走完賽前一連串流程，荊逾站到自己的賽道旁，他不知道現場有多少鏡頭對著他，也不知道電視機前有多少人在看著他。

他自顧做著賽前的熱身，後背上的刺青在燈光下一覽無餘。

裁判吹響口哨，所有選手站到賽道上。

荊逾撥下戴在頭頂的泳鏡，忽地又勾手碰了碰肩胛骨的刺青，而後才俯身做好下水準備。

耳畔是滿場熱切的討論聲，歡呼聲。

他垂眸，盯著晃動的泳池水面，恍惚間，好似聽見熟悉的聲音在耳邊響起。

——「荊逾哥哥，比賽加油啊！」

「嘟——！」

哨聲響。

荊逾猛地鑽入水中，修長的身形在水中如同游魚一般快速朝前游動著，他聽不見場上的歡呼聲，也看不到周圍競爭選手的身影。

他奮力朝前遊，又不停折返。

腦海裡是父母驕傲的神情，是胡蝶生動的笑容，是隊友和教練和所有關注他的人期盼的目光。

他要贏。

最後一圈，荊逾忽地爆發出前所未有的速度，只見他以甩開第二名將近半身的距離，快速朝著終點游了過去。

現場的加油聲幾乎要掀掉棚頂，王罔和邵昀他們站在場外，視線緊緊盯著大螢幕上荊逾的身影。

「嘟——！」

哨聲又響，大螢幕上逐一出現各選手的成績。

1 JING · Y 14：30：09 CHINA

「冠軍！荊逾是冠軍！」邵昀大叫一聲，抬手一把摟住王罔，激動得眼眶發紅：「破紀錄了！破紀錄了！世界紀錄！他做到了！」

王罔被邵昀摟著整個人都在晃，但一點也沒有不耐煩，臉上全是笑意：「好小子。」

邵昀和方加一他們等著荊逾從賽道上下來，立刻拿著國旗朝他飛奔而去，大家笑著鬧著，把荊逾圍在中間，國旗被高高舉起。

幾個人擁著荊逾往外走，沿路都是要來採訪的記者，國外的、國內的，最後荊逾停在一位採訪他很多次的記者面前。

記者問他此刻的感受如何。

彼時的場館內到處都是歡呼聲，無數閃光燈下，荊逾忽然想起胡蝶，想起她留給他的那封信，沒頭沒腦地說了句：「我不難過，我只是覺得這樣的時刻，有妳在，會更好。」

聞言，記者愣了愣。

熟悉內情的邵昀停下了歡呼的動作，正要替荊逾解釋什麼的時候，他突然笑道：「現在心情很激動。」

記者也跟著笑道：「這次你破了一千五百公尺的世界紀錄，又是第一位拿了大滿貫的選手，你有沒有什麼想說的？」

「嗯……」荊逾沉思幾秒，抬眸對著鏡頭，語氣認真：「只能說我的成功可以算是站在各位泳壇前輩的肩膀上取得的，我是第一位但絕對不會是最後一位，我相信我們的游泳隊，他們會創造更多的奇跡。」

記者：「好，恭喜你完成一個遠大的征途，也祝願你在接下來的比賽中再獲佳績。」

荊逾笑道：「謝謝。」

眼看著圍過來的記者越來越多，邵昀當機立斷拉著荊逾先離開人潮，等到頒完獎，荊逾更是直接躲進休息室。

這一年奧運，國家隊取得了傲人的成績，回國的當天，機場圍滿了前來接機的粉絲。

荊逾和邵昀他們費了好大一番力氣才回到巴士上。

晚上安排了慶功宴，荊逾自然是主要被灌酒的對象，等到散場，人已經有些醉了。

邵昀扶著他回到宿舍，進門時沒顧得上開燈，屋裡只有一點月光。

荊逾躺在床上，長腿還搭在床沿，邵昀幫他脫了鞋，隱約聽見什麼動靜，抬頭看了一眼。

寂靜月光中，邵昀看見他眼角一閃而過的水光，整個人愣在原地：「你……」

荊逾沒說話，抬手捂住眼睛，喉結飛快滾動著，像是在壓抑著情緒。

邵昀乾脆在他床邊坐下，感嘆道：「這兩年都沒看見你回去，我還以為你已經放下了呢。」

他依舊沒開口，邵昀看著他的樣子，也有些不忍，但還是勸道：「忘了吧，你的人生還有那麼長的路要走，總是活在過去，能記住就只有痛苦。」

荊逾哽聲道：「忘不了……」

「可你總要往前走吧。」邵昀說：「我知道這很難，但我想小蝴蝶肯定也不想看見你現在這樣。」

荊逾側過身，始終沉默著。

邵昀看著，也沒再說，只是輕輕嘆了聲氣。

這一年的夏天，荊逾又回到榕城。

海榕街被劃入都市更新區，即將拆遷，荊逾搬進了政府安置的住所，晚上去莫海家裡吃飯，姑姑、姑父提出要把一半拆遷款給他。

「我用不到，你們留著吧。」荊逾放下筷子：「我在B市吃在隊裡住在隊裡，根本花不了幾個錢，更何況我爸那裡也還有。」

「那我幫你存個基金，等你以後結婚了肯定有用錢的地方。」姑姑看著他，「你這兩年都沒回來，這次可要在家裡多住一段時間了。」

「好。」荊逾笑著點頭。

晚上莫海非要和荊逾擠一間房間，荊逾看他睡覺也拿著變形金剛，叫了聲：「莫海。」

「嗯？」

「你還記得這個變形金剛是誰送你的嗎？」

「記得。」這一年，莫海稍微長大了些，能理解死亡的意義，知道胡蝶不會再來了，語氣變得低了些：「胡蝶姐姐送的。」

「你還記得她。」

「嗯！姐姐漂亮！買好多好吃的給我。」莫海忽地想到什麼，激動的語氣不過幾秒又停了下來：「我好久沒見到姐姐了。」

荊逾眼眶倏地一酸，別開頭說：「過幾天，我帶你去見姐姐。」

「真的嗎？」莫海挪到了他面前，眼睛亮亮的。

「嗯。」荊逾摸摸他腦袋：「睡覺吧。」

「好！」

荊逾在姑姑家裡住了三天，準備帶莫海去墓園那天，他先回了趟家，一進屋，他就看見那株從老房子挪回來的山地玫瑰死掉了。

這盆多肉是胡蝶生前養的其中一株，她去世之後，荊逾只要了它，一直養在老房子的院子裡。

可能是突然換了地方，亦或是其他的原因，它就那麼安安靜靜地枯萎了。

荊逾站在桌旁靜靜看著，出門前，把這株山地玫瑰連著盆一起帶下樓扔進垃圾桶裡。

去往墓園的路上，莫海少有的安靜下來，他好像也知道即將去的地方不適合大笑大鬧。

今天是個大好的晴天。

荊逾站在胡蝶的墓前，一別兩年，碑上的那張照片有了歲月的痕跡，他抬手撫了撫照片邊緣，慢慢蹲了下去：「好久不見。」

「莫海說想妳了，我帶他來看看妳。」荊逾從袋子裡拿出她愛吃的東西，最後才從口袋裡摸出那枚不久前獲得的冠軍獎牌擱在墓前，「這兩年，我一直努力訓練，參加比賽，該拿的獎也都拿得差不多，今年還破了記錄，拿了大滿貫。答應妳的，我應該算是都做到了，就不算食言了。」

「他們都勸我忘了妳，可我不想忘。」他看著照片裡的胡蝶，沒再繼續說下去，轉頭看向一旁：「莫海，過來跟姐姐打聲招呼，我們走了。」

「哦。」莫海乖乖走到墓前，從口袋裡翻出一個迷你版的變形金剛放在墓前：「姐姐，妳一個人在這裡不要害怕，我把它留下來保護妳，我走了，下次再來看妳。姐姐再見。」

莫海先往回走了，荊逾起身，看著她的照片，忽然說了句：「妳別怪我。」

墓園起風了。

荊逾轉身離開這處。

墓碑上，少女依舊笑得生動而鮮活，在墓前放著的那枚獎牌在暮色中閃耀著淡淡的光芒。

從墓園出來後，荊逾帶著莫海走到之前和胡蝶初遇的那片海域，他坐在礁石岸邊，莫海吃著霜淇淋貼著他坐在一旁。

夜色來襲，海邊的人聲逐漸遠去。

莫海揉著咕咕亂叫的肚子，「哥，我們什麼時候回去啊？」

「你想回去了？」荊逾轉頭看著他。

「嗯……我餓了。」

「那你先回去吧。」荊逾說：「我不回去了。」

「你今天不去我家吃飯了嗎？」

「嗯。」

「好吧。」

荊逾看著他慢慢走遠，又叫住他：「莫海。」

「嗯？」

「今天是幾月幾號？」

「我不知道。」

「今天是八月二十二，如果你能記得，以後每年這個時間，都來這裡替哥哥看一次日落可以嗎？」

「好！我能記住！」莫海像是得到什麼重大的任務，回家的步伐都變得輕快了許多。

荊逾看著他走遠了才收回視線，遠處的海面上，一輪圓月升起，今夜風平浪靜。

他起身走到岸邊，像三年前那個夜晚一樣，縱身一躍。

海面因他的墜入而掀起一陣浪花，他緩慢地朝前遊著，岸上的音樂餐館有歌聲傳來。

「最初的一心一意，深信不疑，

不能沒有你。

最後的情非得已，身不由己，

當物換星移，今夕是何夕。

我屬於，你的註定。

不屬於，我的命運。

不要命，不要清醒。

還有夢能緊緊抱住你。

愛寫出，我的詩經，

算不出，我的命運……」

荊逾浮在海面上，看著彷彿觸手可及的月亮，緩緩閉上眼睛，身體跟著下沉，冰冷的海水逐漸沒過他的頭頂。

小蝴蝶。

對不起啊，我游不動了。

他是遨遊海洋的鯨魚，偶然的一天，一隻蝴蝶無意闖入他的頻率。
那是他一生中最美好的瞬間。

——《蝴蝶與鯨魚》完——

高寶書版集團
gobooks.com.tw

YH 150
蝴蝶與鯨魚

作　　者　歲見
責任編輯　吳培禎
封面設計　單宇
內頁排版　賴姵均
企　　劃　何嘉雯

發 行 人　朱凱蕾
出　　版　英屬維京群島商高寶國際有限公司台灣分公司
　　　　　Global Group Holdings, Ltd.
地　　址　台北市內湖區洲子街88號3樓
網　　址　gobooks.com.tw
電　　話　(02) 27992788
電　　郵　readers@gobooks.com.tw（讀者服務部）
傳　　真　出版部(02) 27990909　行銷部 (02) 27993088
郵政劃撥　19394552
戶　　名　英屬維京群島商高寶國際有限公司台灣分公司
發　　行　英屬維京群島商高寶國際有限公司台灣分公司
初　　版　2024年2月
初版二刷　2024年6月

本著作物《蝴蝶與鯨魚》，作者：歲見，由北京晉江原創網絡科技有限公司授權出版。

國家圖書館出版品預行編目(CIP)資料

蝴蝶與鯨魚/歲見著. -- 初版. -- 臺北市：英屬維京群島商高寶國際有限公司臺灣分公司, 2024.02
冊；　公分. --

ISBN 978-986-506-901-8(平裝)

857.7　　112022909